JN086300
魔物喰らいの冒険者
まものぐらいのぼうけんしゃ
1
錬金王 イラスト かわく
MAMONOGURAI NO BOUKENSHA

CONTENTS

MAMONOGURAI NO BOUKENSHA

1話 瘴気漁りの冒険者

ここは大陸の東に位置するルディアス王国の辺境にある小さな都市バロナ。そこにある瘴気迷宮の六階層で俺は弱い魔物を狩りながら素材を採取してお金を稼いでいた。

この迷宮は瘴気で満ちている。すべての階層は紫がかった瘴気に覆われており、生物である以上瘴気から逃れることはできない。

呼吸をするだけで瘴気状態となりステータスが低下する。それだけでなく吐き気、酩酊といった症状によりコンディションも悪化し、魔物との不利な戦闘は避けられない。

そんな中、どうして俺はこの迷宮で平然としていられるのかというと、俺には【状態異常無効化】というユニークスキルがあるからだ。

そのためステータスやコンディションの低下を受けない俺にとっては、この迷宮は美味しい日銭の稼ぎ場なのだ。

「……よしよし、今日もたくさんあるな」

紫がかった霧に覆われた小広間に薄ぼんやりとした翡翠の光。瘴気に侵された迷宮の中で唯一そこだけが正常な空気を放っているのは瘴気草という瘴気を浄化することができる草が生えているからだ。

瘴気草があれば、この迷宮のように瘴気に覆われている環境でもステータスの低下を軽減し、コンディションの悪化を和らげてくれる。そのために悪環境を探索する冒険者にとって非常に人気の素材だ。

冒険者ギルドで十束も売れば、六千レギンは堅い。

これでまた三日は屋根のある宿で温かい食事を摂ることができるだろう。

瘴気草を十五束ほど採取すると、俺は今日の採取を切り上げるべく通路を引き返す。

「チュチュッ！」

すると、通路の先から瘴気鼠が三体やってきた。

この迷宮の低階層ではありふれた低級の魔物だ。

しかし、低レベルである俺からすれば、非常に厄介な魔物である。

名前：ルード
種族：人間族
状態：通常
LV7
体力：22
筋力：18
頑強：16
魔力：9
精神：7
俊敏：15
ユニークスキル：【状態異常無効化】
スキル：【剣術】【体術】
属性魔法：【火属性】

これが俺のステータスだ。

ユニークスキルのお陰で六階層まで潜れているだけで、そもそもここの階層の適性レベルではない。

ここにやってくるにはレベルが最低でも10は必要で、遭遇する魔物のステータス値はすべて格上だ。

ありふれた低級の魔物といえど、油断できるはずがなかった。

ステータス値が相手の方が高い以上、逃げることはできない。やるしかない。

俺はすぐに意識を戦闘に切り替えると、剣を構えて瘴気鼠に相対する。

「ヂュッ！」

瘴気鼠の一体が身体を震わせて身に纏う瘴気を飛ばしてくる。

通常の人間なら瘴気状態になることを嫌がって防御、あるいは回避行動をとるだろう。

しかし、俺には瘴気を無効化するユニークスキルがあるために敢えて瘴気に突っ込み、そのまま一体の瘴気鼠の頭を叩き斬った。

「ヂュッ!?」

この迷宮に棲息する魔物ならまだしも、まさかただの冒険者が平然と瘴気に突っ込んでくるとは思っていなかったのだろう。残った瘴気鼠の二体が狼狽した様子を見せる。

すかさず俺は狼狽している瘴気鼠の喉を切り裂く。が、残っている瘴気鼠の体当たりによって身体が吹き飛ばされてしまう。

全長三十センチを越えており、ステータスが俺よりも上なので衝撃は途轍もない。

だからといってうずくまってしまえば瘴気鼠になぶられることは目に見えているので、横っ腹の鈍痛を堪えながらすぐに体勢を立て直した。

二体の仲間がやられて瞳に怒りを燃やしている瘴気鼠と、必死に剣を構えている冒険者。

幼い頃はドラゴンなどの伝説の魔物と剣を構える冒険者に憧れはしたものの、現実は低階層の鼠三体に手間取る始末。

なんて泥臭くて格好悪いんだろう。

子供の頃の俺に言って聞かせたら、幻滅すること間違いない。

「火球！」

なんて自嘲気味なことを考えていると、不意にそんな声が響いた。

嫌な予感がした俺は、身を投げるようにしてその場から逃れた。

すると、さっきまで俺のいた場所を炎の球体が駆け抜けていき、直線上にいた瘴気鼠に直撃。

燃え盛る炎に包まれた瘴気鼠は断末魔の声を上げて、くったりと動かなくなった。

「うはぁ！　外れた！」

「ハハハハ！　外してやんの」

「だから、もうちょっと近づいてから撃てって言ったんだよ」

呆然と振り返ると、後ろの通路から下卑た笑い声を上げながらやってくる冒険者がいた。

冒険者ギルドで何度も見かけたことのある奴等だ。

確か名前はマグナス、ロンド、リグルドだ。

どうやらあいつらが横やりを入れてきたらしい。

「あー、悪いね。ルード君だっけ？　大丈夫？　苦戦しているように見えたから援護しようと思ってね」

火球を撃ってきた魔法使いのマグナスがわざとらしい笑みを浮かべて手を差し伸べてくる。

……俺を狙って撃った癖によく言う。

「気持ちは有り難いが、援護をするつもりなら一声かけてもらえると助かる」

「ええー？　だから火球って言ったんだけどなぁ？」

手を借りることなく立ち上がって言うと、マグナスは不服そうな顔を見せる。

それは一声っていうより詠唱じゃねえか。

正面から文句を言ってやりたいところだが、俺が苦戦していたことは事実である上に、三人を相手に諍いを起こすのは得策ではなかった。

「おい！　見ろって！　やっぱり瘴気草の群生地があるぜ！」

気持ちを落ち着かせるように深呼吸をすると、ロンドがはしゃぎ声を上げた。

群生地というのはさっきまで俺が瘴気草を採取していた小広間のことだ。

「おっ、本当だ！　さすがは瘴気漁り！」

「無駄に瘴気迷宮の浅い階層で活動してないな！」

口々に上げた声を聞いて、俺は奴等がどうしてここにいたのか理解することができた。

「お前たち……まさか、俺の採取場を狙うために後をつけてきたな？」

「はぁ？　人聞きの悪いことを言うんじゃねえよ？」

「俺たちはただ瘴気迷宮に入って、冒険者として日銭を稼いでいるだけだ。それでたまたま同業者であるルードと出会って助けてあげた。それだけだろう？」

「というか、助けてもらっておいて礼の一つもなく、さっきから文句つけたり、俺たちをハイエナ扱いするって人としてどうなの？」

ハッキリと指摘するとマグナス、ロンド、リグルドが剣呑な雰囲気を漂わせながら言ってくる。

瘴気草を採取しながらシレッと武器に手をかけている。武力行使も辞さないといった様子だ。

三人の胸ポケットには瘴気草が入っており、この迷宮の瘴気を軽減している。

俺みたいに完全に状態異常を無効化できているわけではないが、火球に込められた魔力からしてこいつらの方が明らかにレベルが高いのは明らかだ。敵うわけがない。

「疑うようなことを言ってしまってすまない。それとさっきも助けてくれてありがとう」

「おう、わかればいいんだよ」

「冒険者は助け合いだしな！」

「また何か困ったことがあったら言えよ？」

頭を下げて謝罪すると、三人は剣呑な空気を引っ込めて満足そうな笑みを浮かべた。

クズ共が……。

瘴気草を夢中になって採取している三人の背中を見て毒づき、俺はその日の採取活動を切り上げることにした。


瘴気迷宮から都市バロナに戻ってくると、俺は採取した瘴気草を換金するために冒険者ギルドに向かった。

ギルドの入り口に入ると、正面にある依頼発注、受注のカウンターではなく、左手にある討伐査定用のカウンターへ移動。

カウンターには俺と同じように採取した素材や討伐した魔物素材などを手にして冒険者が並んで

いる。その多くが四人組、三人組のパーティーを組んでいる。一人で並んでいるのは俺くらいのものだ。

そんな中、目の前に並んでいる女冒険者がこちらを振り向いた。

後ろに並んだ奴が知り合いかどうか確かめるための自然な動作。特にこれといった意味はない。

知り合いでなければ適当に会釈でもして視線を逸らすのが普通なのだが、その女はニヤリと意地の悪い笑みを浮かべながら口を開いた。

「なんか変な臭いしなーい？」

「ああ、【瘴気漁り】のせいだろ？　さっきから瘴気臭くてしょうがねえぜ」

「えー？　マジあり得ないんだけどー」

瘴気漁り……瘴気迷宮ばかりに潜って採取を繰り返す俺に付いた通り名だ。

もちろん、それがいい意味ではないことはご覧の通りだろう。

レベルが低いせいもあるが、この通り名のせいで俺はまともにパーティーを組めないでいる。

瘴気迷宮に潜っていたからといって臭いがつくわけがないのだが、忌み嫌われている迷宮に長年潜っているとなると嫌われるのも仕方のないことか。

いやらしい笑みと皮肉の言葉をシャットアウトするように目を瞑った。

ギルドで瘴気草の買い取りを済ませた俺は、拠点にしている『満腹亭』という宿に戻った。

俺がこの宿を選んだ理由は、食事がとにかく安くてボリューミーだからだ。

味もそれなりのもので一般人からすれば、十分に美味い。

大飯喰らいの冒険者でもここで千レギン分もの料理を頼めば大抵は満腹になるといえば、いかにボリュームのある料理を提供しているかわかるだろう。元々食べることが好きな俺は豪勢に注文して、料理を食べていく。

「今日はいつにも増して食べますね！」

俺の食べっぷりを見て、給仕の娘が声をかけてくる。

「臨時収入が入ったからな。自分へのご褒美ってやつだ」

「なるほど。それならじゃんじゃん頼んでください！」

「ああ！　エールを頼む！」

「はーい！」

なんて景気がよさそうに振る舞ったが、瘴気草の買い取り額は七千レギン程度。

満腹亭での宿泊費は一日千五百レギン。装備のメンテナンスや道具の補充などを考えると、とても豪勢に頼めるわけではないが食べないとやっていられなかった。

瘴気迷宮に現れた三人組の冒険者のせいで、あの採取場はもはや俺だけの場所ではなくなった。

あいつらの採取の仕方は非常に乱雑なもので次の採取のことはまるで考えていない。

恐らく、あの採取場が枯れてしまったら、また俺の後をつけて美味しい採取場を見つければいいなんて思っているのだろう。

「……ちくしょう、やってらんねえ」

憂さ晴らしをするように一気にエールを煽ってみるが、俺のユニークスキル【状態異常無効化】はお酒による酩酊すら完全に無効化するようで微塵も酔う様子はなかった。

杯を重ねても永遠に素面のままだ。

「酒に酔って現実から目を背けることすらできねえ」

ユニークスキルと言えば、聞こえはいいが実際はただの外れスキルだ。

状態異常を無効化してくれるだけで、それ以外では何の役にも立たない。

そもそも状態異常攻撃を仕掛けてくる魔物の総数が少なく、一般的な冒険をしていると出会うことすらないのが現状だ。

「……どうせ授かるならもっとマシなユニークスキルが良かったぜ」

ハッキリとした意識のまま呟かれた俺の言葉は、食堂の喧騒に溶けて消えていった。


翌日。冒険者ギルドにやってくると、いつもよりギルドが賑わっていることに気付いた。

ちょっとやそっとの賑わいではない。かなりの賑わいだ。

こういった時に顔見知りがいれば気楽に尋ねればいいものだが、生憎と俺にはそのような存在はいない。俺はこの活気の原因を確かめるべく、カウンターにいる受付嬢に話しかけた。

「なにかいい依頼でも出たのか？」

俺が声をかけると、若い受付嬢は若干嫌そうな顔をしながらも答えた。

「新しい迷宮が見つかったんです」

「新しい迷宮だって？」

都市バロナの周囲には瘴気迷宮をはじめとする迷宮が点在している。

俺たち冒険者は主にそれらの迷宮に潜って日銭を稼いでいる。

そこに新しい迷宮が見つかったというのは、俺たちの新しい稼ぎ場が出来たということだ。

特に見つかったばかりの迷宮には手つかずの財宝や魔道具、武具などが残っていることも多く、冒険者たちが一攫千金を夢見るのだ。

当然、俺も一攫千金を夢見る冒険者の一人だ。

財宝を手に入れることができれば、レベルの低い俺でも強力な装備が手に入る。

強力な装備があれば今よりも強い魔物を倒すことができ、毎日の収入が上がること間違いなしだ。

今のようにチマチマと瘴気迷宮に潜る必要もない。

お金がない、仲間もない、装備もないといった負のループから抜け出せるチャンスだ。

「新しい迷宮はどこにあるんだ!?」

「北にあるアベリオ山脈ですが、あなたには無理ですよ」

「どうしてだ？」

「新迷宮の探索依頼を受けるには、ランクがD以上ないと無理なんです」

受付嬢の言葉に俺は呆然とする。

なぜなら俺のランクはEだからだ。

「どうしてもその新しい迷宮に潜りたいんだ！　なにか方法はないか？」

「そんなことを言われても困ります！」

「おいおい、受付嬢に無理に詰め寄るのはいけないな」

なんとか新迷宮に潜る方法がないかと問いかけていると、俺と受付嬢の間に金髪の男が割って入った。

「す、すまない」

部外者が入ってきたことに憤慨する気持ちもあったが、受付嬢に強く問い詰める形になってしまったのは本当のことだ。

俺は素直に受付嬢と仲裁に入ってくれた男に頭を下げた。

「いや、いいんだ。その様子からすると、新しい迷宮に潜りたいんだって？」

「あ、ああ」

「なら、僕のパーティーにポーターとして入らないかい？」

ポーターというのは、いわゆるパーティーの荷物持ちだ。

荷物が増えれば、それだけで万全な動きができなくなる。それを嫌って、冒険者の中ではポーターを同行させて、万全な態勢で迷宮に潜るやつは多い。

「俺はランクEだがいいのか？」

「Eランクだったら最低限の自衛くらいはできるだろう？　こっちは新しい迷宮に万全に挑むためにポーターが欲しいと思っていたんだけど、中々捕まらなくてね。困っていたところにやる気のありそうな君を見つけたというわけだ」

「なるほど」

新しい迷宮に潜りたいと思っているパーティーは一つや二つではない。バロナにいる冒険者のほぼ全員が思っていることだ。この男のようにポーターを同行させるパーティーも当然多く、ポーターを確保するのが困難な状態になっているのだろう。

冒険者として潜ることはランク制限があるせいで不可能だが、ランク制限を超えているパーティーにポーターとして加入して潜ることはギルドの規約として認められている。

このまま何もできずにチマチマと日銭を稼ぐよりも、俺にはポーターとしてでも同行し、何かを変えたいという気持ちの方が遥かに強かった。

「ルードだ。ポーターとしてだが、よろしく頼む」

「僕は『緋色の剣』のリーダーのバイエルだ。ランクはD。早速だが、君のことを仲間に紹介したい」

「ああ」

握手を終わらせると、俺はバイエルの後ろに付いていってギルドに併設された酒場へと移動。

そこにはバイエルの仲間と思われる男女が座っていた。

「おーい、サーシャ、リック！　ポーターが見つかったよ！」

「ルードだ。よろしく頼む」

「げっ、瘴気漁りじゃん」

「バイエル、もっとマシなのはいなかったのか？」

バイエルが声をかけると、魔法使いらしきローブを羽織った女と、戦士風のいかつい男が眉をひそめる。

というか、こいつらよく見たら昨日討伐査定の待機列で前に並んでいた奴等じゃないだろうか？

顔合わせ早々嫌な気分になった。

「そう言うなよ。ルード君はランクこそ低いものの長年冒険者として活動してきた知識と経験がある。そこら辺の冒険者をポーターとして引き入れるより、よっぽど信頼があるさ」

こんなランクも低くて、年もとっている俺のことをそんな風に言ってくれるなんて。

バイエルはなんていい奴なんだろう。

「まっ、バイエルがそう言うんだったらいいけど」

「俺たちの足を引っ張らないでくれよ？」

「わかっている。よろしく頼む」

冒険者としてではなく、ポーターとしてではあるが俺は新迷宮の探索に加わることができたのだった。


ギルドで自己紹介を済ませると、俺たちは馬車を使って北の山脈にある新迷宮にやってきた。

「ここが新迷宮か……」

「ああ、アベリオ山脈にできたことから今はアベリオ新迷宮と呼ばれているね」

新しい迷宮の入り口を眺めていると、横にいるバイエルが教えてくれた。

アベリオ山脈の麓には荘厳な装飾の施された支柱が並び立っており、奥には大きな岩扉が設置されていた。どことなく古代の遺跡を思わせる造りだ。

瘴気迷宮は沼地の奥にある石造りの墓標が入り口だったが、迷宮というのはその土地によって外観を変えるものだ。

「さて、早速入ろうか」

本来ならば入念に準備を重ねて挑むところであるが、何分発見されたばかりの新迷宮。

今は何よりも速さが求められる。

既に俺たち以外にも何組ものパーティーが探索を開始しているが、迷宮は広くすぐに踏破されるものではない。

今なら誰も見つけることのできていない財宝を見つけられる可能性が高い。だったら、多少のリスクには目を瞑って、ここはリターンを取るために行動するべきだ。

バイエルの言葉に俺たちは頷くと、岩でできた二枚扉をゆっくりとこじ開けた。

アベリオ新迷宮の中は意外と明るく、通路には篝火のような炎が揺らめいている。

「意外と明るいな」

灯りを用意しなくてもいいのは助かるが、迷宮が俺たちを奥へ奥へと誘っているようで不気味だった。

大きなバックパックを背負いバイエルたちの後ろを付いていくと、広間では冒険者がゴブリンと戦闘を繰り広げていた。

戦闘している冒険者は俺たちに気付いたが、バイエルがハンドサインを送るとこくりと頷いた。

助太刀を必要としていない限り、ゴブリンたちはあのパーティーの獲物ということになる。それを横から強奪することは冒険者としてご法度だ。瘴気迷宮での出来事は人目のつかない場所だからできただけだ。

俺たちは戦闘の邪魔にならないように大回りをして広間を抜ける。

広間を抜けた後も通路では先行くパーティーが魔物を相手に立ち回っていたり、隠し部屋がないかを入念に探し回っていた。

「どこに行っても冒険者ばかりでウザいんですけどー！」

「一階層はどこも先入りしているパーティーが多いね」

サーシャと呼ばれる魔法使いの女が面倒くさそうに叫び、バイエルも予想以上の混雑具合にため息をついていた。

「だったらもっと潜ってみないか？　深い階層なら冒険者たちもそんないねえだろうし？」

「それいいかも！」

「それがよさそうだな。このまま一階層を探索していても意味がない」

「だが、さすがに階層を下りるのは危険じゃないか？　この迷宮は見つかったばかりだ。焦る気持ちはわかるが、地道に一階層をマッピングして宝を探すのがいいんじゃないか？」

他に冒険者がいるということは、いざという時に助け合うことができる。

しかし、他の冒険者からはぐれて進んでしまえば、凶悪な魔物と遭遇した時に対処ができない。

ランクAやBといったレベルも高く、経験も積んでいるパーティーならともかく、バイエルたちのランクはDだ。レベルも精々15から20といったところだろう。

いくら一攫千金のためとはいえ、リスクが大きすぎるように感じた。

「はぁ？　荷物持ちの分際でなに意見してるわけ？」

「そんなみみっちいことばっかりしてるから、そんな年になってもランクEなんだよ。おっさん」

お、おっさん。確かに俺の年齢は二十二とそこまで若いものでもないし老け顔をしているのは事実だが、おっさん呼ばわりされるような年齢ではない……はずだ。

「まあまあ、ルード君も悪気があって言ってるわけじゃないから」

サーシャとリックを宥めるようにして言ってくれるバイエル。

「……バイエル」

「だけど、僕も二人の意見に賛成かな。一階層はあまりにも冒険者が多いし、このまま地道に探索をしてもロクな成果は得られない。もっと下の階層を目指そう」

「さすがはバイエルわかってるー！」

「冒険者は冒険してこそなんぼだよな！」

「大丈夫。危なくなったらすぐに引き返すよ」

「……わかった」

パーティーリーダーであるバイエルがそう決めたのなら、ポーターである俺はそれに従うしかない。

俺はバイエルたちの後ろに続き、二階層へ続く階段を下っていった。

「うーん、ここまでやってくると他のパーティーがいなくて快適だわ！」

「魔物との戦闘もやりやすいし、ちょっとしたお宝も見つけたしな！」

四階層までやってくると、先入りしていた冒険者たちの姿は見えなくなり、俺たちの探索にも成果が出始めていた。

出現する魔物もゴブリンやシルバーウルフといったランクもレベルも低いものばかりで、バイエルたちで十分に対処できたのである。お陰で階層の隅々まで安定して探索することができ、宝箱からちょっとしたお金も回収することができた。

この時点でこの探索が赤字になることはないだろう。

「おい、ルード。こっちのシルバーウルフからも素材を回収してくれよ」

魔物との戦闘が終わり、ポーターとしての雑務である素材の採取をしていると、リックに呼び止められる。

「ああ、そっちは損傷が激しくて売り物にならない。内部にある魔石も多分砕けているだろう」

魔石とは魔物の力の源となる魔素の力を蓄えた石のことだ。

魔物の体内には必ず魔石が入っており、冒険者たちはその魔石を手に入れて売り払うことで生計を立てている。

つまり、冒険者にとっての大きな収入源の一つとなる。

しかし、サーシャとリックが素材のことを考慮しない戦い方をしてしまったせいで、二体のシルバーウルフの遺骸はズタズタになっている。皮、爪、牙はもちろんのこと、内部にある魔石も解体するまでもなくダメだろう。

「はぁ？　それをするのがお前の仕事だろ？　サボんなよ！　シルバーウルフの魔石だぞ？　もし、残ってたらどうするんだ？」

そうは言うが、身体がズタズタになっているので内部にある魔石を見つけるにも時間がかかる。

確率の低いものにそこまで執着するよりも、割り切って次の魔物を探しに行く方がよっぽどいい。

しかし、ここはバイエルのパーティーであり、俺はそこにポーターとして加入させてもらっている状態だ。こんなことで揉めるのは得策ではない。

俺は仕方なくナイフを使って、損傷の激しいシルバーウルフの肉をかき分けるようにして魔石を探す。

「やっぱり、砕けている」

「あっそ。ご苦労さん」

魔石がないとわかるとリックは興味が失せたように言い、女魔法使いは血に塗れた俺の手に汚らわしいものでも見るような視線を向けていた。

こういう時は他のことを考えて気を紛らわせるに限る。

……はぁ、せめて、魔物の肉が食べられれば食費も浮くのになぁ。

手に付いた血と汚れを布で拭いながらそんなことを考えていると、不意に凍り付くような気配を感じた。

「え……？」

凄まじい魔素の波動を感じて振り返ると、そこには異形の牛が佇んでいた。

頭にそびえるねじれた角、膨れた筋骨を覆う茶黒の体毛、丸太のように太い腕の先には俺たちの身長ほどもある戦斧が握られている。

——ミノタウロス。

冒険者ギルドが定める討伐ランクでBに指定されている魔物だ。

「ブモオオオオオオオオオオオオオオオオオッ！」

俺たちが呆然とする中、ミノタウロスが咆哮を上げた。

鼓膜が破れるのではないかと思うほどの音の波動。

相対しただけで全身が理解する。己の敵う相手ではないと。

「なんでこんなところにミノタウロスがいるんだ!?　嘘だろ!?」

リックが野太い悲鳴のような声を上げた。

「そんなバカな……ッ！　四階層でミノタウロスだと!?　あり得ない！」

「ど、どうすんの!?　見るからにヤバいし、私たちじゃ勝てないって！」

これにはバイエルやサーシャも顔を真っ青にして声を震わせている。

階層を下りることによって格上の魔物と遭遇することも考えてはいた。だが、俺たちの適性ランクを飛び越える魔物と遭遇するなんて思いもしなかった。

なんだよ、ランクBって。こんな低階層にいていい魔物じゃないだろ。

「い、いいことを思いついた！　ルード君、ちょっとこっちに来てくれ！　バックパックにあるアイテムが欲しい！」

何か逃げるための策があるのかと思ってバイエルに近づき、アイテムを取り出しやすいように背中を向けた。

すると、するりとバックパックが抜き取られ、背中が熱くなった。

「ぐあっ!?」

斬り付けられたと気付いたのは俺が前のめりに倒れてからだった。

「お、おい！　お前ら……まさかッ！」

「戦士の鼓舞！」

「ヘイスト！」

呆然としている間にリックが魔物の注意を引き付けるスキルを使用した盾を俺の傍にぶん投げ、サーシャは自分たちの移動速度を上げる付与魔法を俺以外に付与してくるりと背を向けていく。

明らかに仲間を見捨てる動きに慣れている。

「お前たち！　最初から俺を見捨てるつもりだったんだな!?」

「ハハハハハ！　そうじゃなきゃ誰がランクEの冒険者をポーターとして同行させるんだ！　僕は悪くない！　あんな化け物が現れたら誰だってこうするだろう？」

「精々、俺たちが逃げるために餌として時間を稼いでくれよ！」

「そういうことだから！　頑張ってねー！」

クソ、やられた。だからギルドで俺に声をかけてきたのか。

評判の悪い俺にわざわざ声をかけてくるなんて怪しいと思っていたんだ。

「クソがあああああああああああ……ッ！」

迷宮の通路内に俺の怒りの声が木霊する。

仲間に見捨てられた俺を見て、ミノタウロスは嘲笑していた。

弱者たちの醜い争いを見て笑っているのだろう。

俺は背中の痛みに顔を顰めながら立ち上がる。

バイエルたちは殺してやりたいくらいに憎いが、今はそれどころじゃない。

目の前にはミノタウロスという化け物がいるんだ。今は生きるためにあがくしかない。

フラフラとしながらも剣を構えた。

「…………ッ‼」

相手が足に力を入れたと認識した次の瞬間。俺の目の前にはミノタウロスの巨体が迫っていた。

振りかざされた戦斧の一撃だけはと身をよじって避ける。

床に叩きつけられた戦斧が激しく岩を撒き散らし、その衝撃が俺の身体をいとも簡単に吹き飛ばす。

吹き飛ばされたと認識した頃には、ミノタウロスは戦斧を捨ててタックルの姿勢になっていた。

俺の身体は宙に浮かんでおり動くことはできない。仮に動けたとしても後ろには壁があって回避するスペースもない。

詰んだ。

やけにゆっくりとした思考の中で結論を下すと、俺の身体に激しい衝撃が走った。

全身がバラバラになるんじゃないかという途轍もない衝撃。ゆっくりとした思考の中で体内にある骨がいくつも破砕される嫌な音が響く。

ミノタウロスの突進は俺の身体をいとも簡単に吹き飛ばし、その勢いは止まることなく新迷宮の壁すらも突き破った。

薄れゆく意識の中で最後に見たのは奈落。

ひたすらに真っ黒な穴へと俺とミノタウロスが真っ逆さまに落ちていく光景だった。

2話　魔物を喰らう

「げはっ、ごほっ！　……ぐっ！」

喉に詰まったものを吐き出すという自然的動作で俺は意識を取り戻した。

激しく咳き込んだ末に喉につっかえていた血が吐き出されるが、その動作だけで激しい痛みが全身を駆け巡った。

呼吸をする度に身体が悲鳴を上げている。

視線を向けると、自身の身体は血みどろになっており、左腕はあらぬ方向に曲がっていた。

見なきゃよかったと咄嗟に思ってしまう。

全身が鉛になったかのように重く、指一本動かすのですら億劫だ。

ぼんやりとした意識の中で思考する。

おかしい。どうして俺は生きているんだ？

四階層で俺はミノタウロスの突進を食らい、そのまま迷宮の壁をぶち抜いた先にある奈落へ落ちた。

前者の攻撃については奇跡的に助かったとしても、あれほどの高さから落下して無事なはずがない。すぐに意識を手放してしまったが、それほどまでの高度を落ちていた認識がある。

だからこそ満身創痍とはいえ、今生きているのが不思議でしかなかった。

身じろぎするとふさりとした体毛のような感触と、ほのかな温かさのあるものへと意識が向いた。

視線を向けると、俺の下敷きになるような形でミノタウロスが倒れている。

「ひっ！」

その存在を認識して先ほどの恐怖が再来するが、ミノタウロスの瞳は生物としての輝きを失っており徐々に冷たくなっている。

地面に叩きつけられた衝撃で死んでいるようだ。そのことを理解して安堵する。

どうやらミノタウロスが下敷きになったお陰で俺への衝撃は最小限となり、なんとか生きているようだ。

とはいえ、このままでは俺の命の灯は消えるだろう。意識こそあるものの血を流したせいか身体が酷く重いし、痛みで動かすのも億劫だ。

食料や医療道具の入っているバックパックもバイエルに奪われた。

数日間も生き残れる可能性すらない。仮に生き残れたとしても、このような奈落にまでやってくる冒険者がいるとは思えない。救援の可能性もないだろう。

詰みという思考がよぎるが、俺は敢えて考えないようにした。

こんなところで死んでたまるか。俺はまだ何も為していない。

憧れのSランク冒険者にだってなれていないし、もっと美味しいものを食べたいという欲求も満たせていない。

　こんな終わり方があってたまるものか。

　だが、そんな風に思うものの身体を動かすことはできない。

　俺はミノタウロスの上で仰向けになったまま時間を過ごす。

　迷宮の中では太陽の光が差し込むことがないので時間の経過が曖昧だ。

　四階層からここに落ちて、目を覚ますまでにどれほどの時間が経ったのか。数分なのか、数時間なのか、数日なのか……わからない。

　わからないがお腹が空いたことだけは確かだ。

　動かすことのできる右腕で腰の辺りを探ってみるが、携帯食料の入った革袋はなかった。

　周囲にそれらしいものが転がっている様子もない。

　恐らく、四階層で突進を受けた時に吹き飛んでしまったのだろう。携帯食料すらないのであれば、俺が口にできる食べ物はない。

　他に口にできそうなものといえば……俺の身体の真下にあるミノタウロスくらいのものか。

　ダメだ。魔物は食べることができない。

　なぜなら魔物は魔素を宿しているからだ。

　魔力とは異なる力を持つ魔素は、体内に魔力を宿す人間とは相性が悪い。

　魔物の肉を口にすると、含まれた魔素により嘔吐、腹痛、発熱、痺れなどといった症状に見舞われる。より重度になると強すぎる魔物の魔素に耐えられずに体が決壊、あるいは理性を失って暴れ回り、最後は魔物と化す。

そんな理由で魔物を食材とするのは忌避されているのだ。

だから魔物は絶対に食べるわけにはいかない。

が、俺には一縷の望みがある。それは俺が所持している【状態異常無効化】だ。

俺の持つユニークスキルならば魔化状態も状態異常と認識して完全に無効化できるのではないかった。

……過去に同じことを考えたことはあったが、失敗した時のリスクがあまりにも高く実行できなかった。

だが、今はそれに縋るしかない状況。ミノタウロス以外に食料となるものはない。

リスクを恐れてこのまま飢えて死ぬか、それともユニークスキルを信じてミノタウロスを食べるか。

かつてない決断に迷っていると、遠くで何かの咆哮のようなものが聞こえた。

どうやらここにも魔物は存在するらしい。

選択肢の中に魔物になぶられて死ぬという項目が追加されたようだ。

このまま何もしなければ死んでしまうのは確かだ。

何もしないで後悔するよりも、何かして後悔する方がよっぽどいい。

ミノタウロスを喰らうことを決めた俺は、緩慢な動きながらもナイフを突き立てる。

内臓は怖いので食べられそうな腹の肉を切り出すと、赤身肉のように綺麗な赤色をしていた。

さすがに生で食べるのは怖いので火魔法を使用して肉を炙ってみる。

ミノタウロスの肉を焼いてみると、普通に香ばしい匂いがした。

「……なんか普通に美味しそうだな」

極度の空腹状態に陥っているせいだろうか？

いや、それを抜きにしても焼けたミノタウロスの肉の香りは魅力的なものだった。

美味しそうならそれに越したことはない。

微かな期待を抱きながら俺は焼けたミノタウロスの肉を口にした。

「う、美味い……ッ！」

ぎっしりとした密度のある肉質。

味は牛肉に似ており、噛めば噛むほどに肉の旨みが染み出てくる。

下処理がほとんどできていないせいか、やや野性っぽい風味が感じられるが、豪快な肉の味と相まってそれもいい。

「というか、今まで食べてきた肉の中で一番美味いぞ！」

足りない血肉を補うかのようにガツガツと食べ進めていると、不意に心臓がドクンッと鼓動した。

血管が脈動し、全身へと血が駆け巡る。それと同時に身体中にビリビリとした痛みとも苦しみともいえない衝撃が走った。

やっぱり、魔物の肉なんて食べない方がよかったか。

などと思うが知識で知っている吐き気や腹痛、酩酊感などに襲われたわけではなかった。

何となく自分の中にある力と、取り込まれた力がせめぎ合っている気がする。

気持ち悪い。いっそのこと吐いてしまった方が楽だが、それもできなかった。

意識を手放すことができれば、どれほど楽だろうか。

体内で渦巻く二つの嵐が過ぎ去ることをジッと待つことしかできない。

とてつもなく長く感じられる時間の中、ジッとしていると体内で渦巻く二つの力がスーッと混ざり合うのがわかった。

不快感が治まると同時に、身体の根本的な部分が作り替わっていくような感覚を覚える。

折れていた左腕の骨が繋がり、断裂した筋線維や皮膚が修復されていくのを感じた。

「なっ⁉　左腕がッ⁉」

視線を向けてみると、あらぬ方向に曲がっていた左腕は元通りの姿となっていた。

手を握ったり開いたりもできるし、折れる前のように動かすこともできる。

呼吸をする度に全身が痛みを訴えていたが今はそれもない。鉛のように重いと感じていた足も動かすことができ、普通に立ち上がることができた。

「……一体、どうなってるんだ？」

バイエルに斬り付けられた背中の傷も、ミノタウロスから受けた突進も、奈落へと落ちた衝撃もすべてがなかったかのようだ。

というより、前にも増して肉体そのものが強くなっているように思える。

渦巻くような不快感に襲われたものの、嘔吐、腹痛、発熱、痺れといった症状が出ることもなく、魔化状態になっているわけでもない。

賭けには勝った。

素直にまずはそのことを喜ぼう。

しかし、ミノタウロスの肉を食べて無事だったことと、身体中の傷が治ったことの繋がりが不明だ。

「ステータス」

気になった俺はポケットに入っていたギルドカードを取り出して、ステータスの確認をしてみる。

名前：ルード
種族：人間族
状態：通常
LV17
体力：66
筋力：45
頑強：38
魔力：22
精神：18
俊敏：37
ユニークスキル：【状態異常無効化】
スキル：【剣術】【体術】【咆哮】【戦斧術】【筋力強化(中)】
属性魔法：【火属性】

「なっ、なんだこれ!?」

自身のものとは思えないステータスの表記に目を疑う。

視線を逸らしてもう一度確認してみるも、ステータスの数値は変わらないままだった。

見間違いではない。

レベルが7から一気に17へと上がっているのは、格上であるミノタウロスを結果的に倒したことで莫大な経験値が入ったのだとわかる。

しかし、レベルアップによる恩恵があったとしてもステータスの上昇幅が大きかった。

いくらレベルが10上がろうが、こんなにも数値が上がることなどない。

それになにより気になるのが……。

「なんでスキルが三つも増えてるんだ?」

そもそもスキルというのは生まれつき所持をしているか、後天的な努力で獲得するものだ。

俺のユニークスキルは生まれつき所持していたもので、残りの【剣術】、【体術】といったスキルは後天的な努力で獲得したものである。

だが、【咆哮】【戦斧術】【筋力強化(中)】についてはまったく身に覚えがない。

戦斧なんて使ったことすらないし、筋力強化のスキルを手に入れる方法なんて知らない。

そもそも【咆哮】なんてスキルは獣人族、あるいは魔物が先天的に所持しているスキルだ。人間族で所持している者など見たことがない。

手に入れた可能性を考えるとなると、それは俺の足元で亡骸と化しているミノタウロスだ。

このミノタウロスはこの戦斧を軽々と振るっていた。

ミノタウロスが【戦斧術】や【筋力強化】、咆哮などのスキルを持っていてもおかしくはない。

「もしかして、ミノタウロスの肉を食べたことによって、俺がそのスキルを取り込んだのか……？」

それが本当だとしたらとんでもないことだが、それが本当かどうかはわからない。

検証するにはもう一度何かしらの魔物を倒して、喰らう必要があるだろう。

周囲に魔物がいないのでそれは後回しにするとして、獲得したスキルが自分のものになっているかは確かめることができる。

俺はミノタウロスの遺骸の傍に落ちている戦斧を手にした。

自身の身長に匹敵するほどの戦斧。持ち上げるだけで精一杯だったが、筋力強化を意識して発動すると軽々と持ち上げることができた。

「おお」

戦斧を持ち上げて、試しに素振りを行ってみる。

使ったことのない武器だったが、どのように身体を使って振るえばいいかすぐに理解できた。

達人とはいかないが、それなりに扱えるといったレベルには達している。

使ったことのない武器にもかかわらずだ。こんなことは本来あり得ない。

これを可能としているのは間違いなくミノタウロスから獲得したスキルだ。

ステータスに追記されているスキルは間違いなく俺のものになっている。

凡庸なステータスをしている俺だが、このスキルの力があれば何とか生き残れるかもしれない。

とはいえ、ここは新迷宮の遥か底。他にどのような魔物が存在するかも不明だ。

さっきのミノタウロスよりも格上の魔物だってうじゃうじゃいるかもしれない。

まだ油断はできないが希望はある。

俺は新迷宮を脱出するため、ミノタウロスの僅かな肉と戦斧を手にしてここから動くことにした。


新迷宮のどこかもわからない階層の通路を歩いていると、天井が真っ赤に光っていることに気付いた。

目を凝らすとそこにはびっしりと蝙蝠がひっついている。

「うげっ！」

「キキーッ！」

あまりの多さに声を上げると、蝙蝠たちが一斉に甲高い音を上げてこちらに襲いかかってくる。

手に戦斧、腰には剣を引っ提げているが、さすがにこれだけの数の蝙蝠を相手にするには分が悪い。

そういえば、蝙蝠は音に弱いと聞いた。

ミノタウロスから手に入れた【咆哮】をすれば一網打尽にできるかもしれない。

「ウオオオオオオオオオオオッ！」

スキル【咆哮】を駆使し、俺は腹の底から大声を上げると、襲いかかってきた蝙蝠たちがバタバタと地面に落ちた。

もっとも近かった蝙蝠たちは気絶しているが、中にはまだ意識を保っているものたちがいる。

俺は戦斧を振るってそいつらを優先的に叩いた。

そして、残りの蝙蝠を警戒して顔を上げると、よろめきながら飛び去っていく後ろ姿が見えた。

相性の悪い相手だと認識して即座に撤退を決めたらしい。

思わぬスキルが役に立ったものだ。

さて、この蝙蝠たちだがどうしよう？

ミノタウロスと同じように食べたらスキルを奪うことができ、ステータスが上がるのだろうか？

蝙蝠自体は唐揚げやスープなどで食べたことがあるので忌避感はないが、ミノタウロスの肉を初めて食べた時のようにしばらく動けなくなってしまうのは困る。

だが、少しでも魔物を食べてスキルを獲得しステータスを上げておきたいのが正直な気持ちだ。

この蝙蝠は相性が良かったからあっさりと倒せただけで、ミノタウロスのようなパワー系の魔物と衝突することになったら目も当てられない。

どちらにせよ、強くならないと死ぬんだ。

俺は蝙蝠の一体を解体すると、火魔法で肉を焼いて食べた。

「これも美味いな！」

具体的な味についてはウサギの肉に近い淡泊な味わいだ。臭みもなく非常に美味しい。

欲をいうのであれば、なにかしらの味付けが欲しいところであるが、それを抜きにしても十分に美味い。食べるだけで不思議と力が湧いてくる。

前に食べた蝙蝠はこんなにも美味しくなかったのだが、魔物だとこんなにも味が違うのだろうか？

蝙蝠を一匹食べ終わって、しばらく待機してみると何も変化はない。

ミノタウロスを初めて食べた時のような体内で渦巻く不快感は襲ってこなかった。

怪訝に思ってステータスを確認してみる。

名前：ルード
種族：人間族
状態：通常
LV20
体力：80
筋力：51
頑強：41
魔力：30
精神：24
俊敏：40
ユニークスキル：【状態異常無効化】
スキル：【剣術】【体術】【咆哮】【戦斧術】【筋力強化(中)】【吸血】【音波感知】
属性魔法：【火属性】

「おお、スキルが増えてる！」

ステータスを確認してみるとレベルが上がってステータスが上昇している他に、【吸血】【音波感知】という二つのスキルが追加されていた。

この事実から、魔物を喰うことでその魔物が所持しているスキルを獲得できるのは本当のようだ。

にしても、今回は不快感で動けなくなるようなことはなかったな。

もしかして、最初に襲われた不快感は初めて魔物の肉を体内に取り込んだことにより、俺のユニークスキルと魔化状態がせめぎ合って起きたことなのかもしれない。

魔化状態にならず、魔物の肉を体内に取り込むための順応期間のような。

そう考えれば、順応できたが故に今回は不快感がないことにも納得できた。

その推測が正しいとすると、今後も魔物を喰らうことで動けなくなるといった心配はなさそうだ。

安心したところでスキルを確認してみよう。

鑑定スキルこそ所有していないが、自分の中に取り込まれたスキルなので感覚的に効果はわかる。

【吸血】は攻撃を与えることによって体力を回復することができるスキルで、【音波感知】は超音波を発することで周囲の情報を読み取ることができるスキルらしい。

どちらもとても有用なスキルだ。

特にこの階層についてまったく把握していないので周囲の情報を拾うことができる【音波感知】はとても助かる。

早速【音波感知】を使用してみる。

普通の人間には知覚できない音波を飛ばすと、音波の跳ね返りで通路がどのように続いているかわかり、その先にどのような魔物がいるのかも把握することができる。

「……この中で勝てそうな魔物は……右側の通路の奴か」

ミノタウロスを食べてから、これまで感じ取ることのできなかった魔物のオーラのようなものが知覚できるようになった。

魔力とも違う別の力。

恐らく、これが魔物の所有する魔素というやつだろう。

魔物が宿している魔素の総量は、魔物の力そのものだ。

つまり、宿している魔素が多いほど強い魔物ということになる。

今の俺の目的はこのどこかもしれない階層から脱出すること。

【音波感知】を使えば、魔物との戦闘を極力避けて移動することができるかもしれないが、すべての魔物を避けられるとは思っていない。

階層を上がるにも最低限の強さが必要だ。

そのためにも敵いそうにない魔物は避けて、倒せそうな魔物に勝負を挑むのが確実だろう。

そんなわけで勝負になりそうな魔物が存在する右の通路へ進んでいくと、真っ黒な鱗と棘に覆われた大きな蛇がいた。

黒蛇は薄暗い通路をゆったりと進んでいる。

【音波感知】で後ろを取ることができているのでこちらが有利だ。

先制攻撃をお見舞いしてやろうと足音をできるだけ立たせずに戦斧を手にして接近。

すると、後ろ姿を晒していた黒蛇が突如としてこちらへ振り向き、大きな口を開けて噛みついてきた。

俺は即座に足を止めて、その場を退く。

「この野郎、気付いてやがったな！」

俺が【音波感知】で存在を感知できるように、黒蛇も何かしらの知覚系のスキルを有しているようだ。

俺の存在を知覚していながら気付かないフリをするとは狡いことを考える。

にらみ合っていると、チロチロと舌を動かしていた黒蛇が尻尾を叩きつけてくる。

俺は戦斧を振るって、鞭のように振るわれる尻尾を弾いた。

自分よりも小さな身体の生物が同等の力を有していることに驚いた様子をみせ、黒蛇は続けて尻尾を振るってくる。

俺はじっくりと尻尾の軌道を見極め、それに合わせる形で戦斧を振るう。

弾き、時にいなし、躱し、黒蛇の怒濤のような攻撃を防いでいく。

レベルアップによって上昇した俺の動体視力はしっかりと黒蛇の動きを捉えており、パワーも拮抗している様子だった。

ミノタウロスを食べる前だったら、まるで相手にならなかっただろう。

しかし、今の俺のステータスと魔物を喰らって手に入れたスキルを駆使すれば、十分に渡り合うことができる。

俺は【筋力強化】を強めて、黒蛇の尻尾を叩くように地面に打ちつけた。

強かな一撃に黒蛇がぐらりと体を横に倒す。

それを好機と捉えた俺は跳躍して戦斧を勢いよく振りかぶった。

そのタイミングで黒蛇は顔だけをこちらに向けて、口を大きく開けるとそこから黄色い霧を噴き出してくる。

それは無防備となった俺の身体を見事に捉えた。

濃い霧の向こうで黒蛇が嘲笑を浮かべているのがわかる。

だが、残念。騙したのはお前の方じゃなく、俺の方だ。

「残念ながら俺に麻痺は効かねえよ！」

俺はそのまま霧を突っ切ると、黒蛇の首めがけて戦斧を叩きつける。

跳躍したエネルギーと大きく溜めたパワーは黒蛇の首を見事に切断し、頭を吹き飛ばした。

黒蛇の残った胴体だけがくねくねと動き回っていたが、程なくすると動かなくなった。

「あぶねえ、【状態異常無効化】が無かったら負けていたな」

魔素の総量は大したものではなかったので十分にやれると思ったが、思わぬ隠し玉を持っていた。

ユニークスキルがなければ間違いなく敗北していただろう。

魔素の量だけで実力を測っていたら、いずれ思わぬ痛手を負うことになりそうだ。

なにはともあれ、無事に勝つことができた。

魔物を倒したら食べるのみ。それが俺の強くなるための道なのだから。

蛇ならば何度も食べたことがある。身近な動物の中では一番に確保しやすいタンパク源だからな。

冒険者になる前やお金に困った時は、よく畑や山に赴いて蛇を捕まえて食べていたものだ。

魔物だろうと大きさが違おうと基本は変わらないだろう。

頭は既に落としているので、腰に佩いている剣を使ってチマチマと甲殻を剝がし、尖っている棘をへし折っていく。

これだけの硬度を誇る甲殻や棘を持ち帰れば、かなりの金額になりそうなものだが残念ながら素材を持ち帰ることはできない。

マジックバッグでもあれば別なのだが、無いものをねだっても仕方がないだろう。

鱗を剝がすと、その下に灰色の皮が出現したので、剣で切れ目を入れるとそのまま思いっきり引っ張って剝がした。

すると、体を覆っていた灰色の皮がなくなり、代わりに綺麗なピンク色の身が露出した。

後はこれを煮るなり焼くなり好きに調理するだけだ。とはいっても、調理道具も調味料もない現状では火で焼くことしかできないんだがな。

せめてもの気分を出すためにへし折った棘を串代わりにして肉に差し込み、火魔法で焼いていく。

狐色に染まった身が縮まり、いい匂いを放ち始めたら火を消す。

「なんか独特な香りがする……」

ミノタウロスや蝙蝠とはまた違った匂いがする。

形容するのが難しいが、ほんのりとスパイシーさがあるような気がするな。

独特な香りを堪能すると、そのまま豪快に齧り付く。

「うおお、すげえ身が引き締まってて味が濃い！」

全身が筋肉になっているからだろうか。黒蛇の肉はとても引き締まっており、食べ応えがとてもある。それに伴い味も凝縮されており、歯を突き立てると内側から肉汁が解放されるようだ。

何度も食べたことのある蛇は味の薄い鶏肉のようだったが、こちらはそれの何倍も美味いな。

もりもりと肉を食べ進めていると、肉に甘身が加わった。

どうやら胴体の骨の周りには濃厚な脂がついているらしい。それが染み出して、黒蛇の肉により強いジューシーさが加わったというわけだ。

「ただ焼いただけなのに美味い！　調味料なんていらないな！」

また調味料が恋しくなるのではないかと思ったが、俺の予想はいい意味で裏切られた。

まさか黒蛇の肉がこれほど美味いとは……。

黒蛇を食べ終わるとステータスを確認する。

名前：ルード
種族：人間族
状態：通常
LV22
体力：86
筋力：57
頑強：43
魔力：34
精神：27
俊敏：44
ユニークスキル：【状態異常無効化】
スキル：【剣術】【体術】【咆哮】【戦斧術】【筋力強化（中）】【吸血】【音波感知】【熱源探査】【麻痺吐息】
属性魔法：【火属性】

黒蛇を喰らったことで【熱源探査】【麻痺吐息】のスキルが増えていた。

なるほど。最初の俺の奇襲に気付けたのは【熱源探査】のお陰か。

視界が悪くても熱源反応で存在に気付くことができる。これがあれば不意を突かれる可能性も低くなるだろう。

【麻痺吐息】はスキルの発動を意識すると、口から黒蛇と同じ黄色い霧を噴き出すことができた。

俺はユニークスキルのお陰でなんら影響はないが、普通の魔物であれば麻痺状態になるだろう。

相手の動きを止めたい時や、無効化する際に使えそうだ。

スキルの検証が済んだところで【音波感知】と【熱源探査】を並行させて発動。

「……真っすぐに進むのだけはヤバいな」

この先には通路を埋め尽くすような巨体を誇る魔物が陣取っている。

シルエットはミノタウロスに近いが、それよりも体格は大きく、内包している魔素が尋常ではない。

明らかにヤバそうな雰囲気をしている。

急激なレベルアップと数々のスキルを獲得した今の俺でも間違いなく負ける。

一目でそうわかるほどの化け物だった。

そんな化け物を喰らえれば、どんなスキルを得られるのだろうと思ったが、さすがに勝てるはずのない勝負に挑むのはバカだ。

別にすべての魔物を倒す必要はない。この迷宮から脱出することが先決だ。

目的を見失ってはいけない。

地道に魔物を喰らって強くなってから、階層を上がっていくことにしよう。

俺はこの奈落において最弱の存在なんだ。

そう自分を戒めて、俺は奈落を脱出するために魔物を喰らい続けた。


「おお！　ようやく知っているところに戻ってこれた！」

奈落を彷徨い、魔物を喰らい続けながら迷宮の階層を上り続けていると、ようやく見知った場所に戻ってくることができた。

薄暗い遺跡のような土っぽい通路は間違いなく四階層である。

なにせこんな低階層でミノタウロスと遭遇したんだ。忘れるはずもない。

「さすがに壁の穴は修復されているか……」

ミノタウロスに襲われた通路に移動してみると、ミノタウロスのタックルによって開いた大穴は綺麗に塞がっていた。

迷宮には修復能力があり、迷宮内で起こった戦闘などで破損した地面や壁の傷を自動で修復してくれる。詳しい理由はわかっていないがどこの迷宮でもそれは共通しているために、ミノタウロスの開けた穴が塞がっているのは予想の範疇だった。

「もう一度ここを壊せば、奈落への穴が出てくるのか？」

奈落で魔物を喰らい続けたことにより、ステータスが向上した今の俺は恐らくあの時のミノタウロスを超えるステータスになっているはずだ。

頑強な迷宮の壁だが、俺の攻撃でも穴を開けることはできるに違いない。

しかし、理屈ではそうであっても試してみたいとは思えない。

獲得したスキルのお陰で落下死することはないが、奈落の底には今の俺よりも強い魔物がわんさかいる。

今、こうして生きているのは奇跡だ。恐らく二度目はない。

ただの好奇心で大きなリスクを冒したいとはとても思わなかった。

何事もなかったかのように綺麗な壁から視線を外すと、三階層を目指して通路を進む。

すると、俺の行く手を阻むように三体のシルバーウルフが姿を現した。

俺は奈落の魔物を喰らったことによって手に入れた【鑑定】を発動させる。

シルバーウルフ
LV8
体力：20
筋力：18
頑強：13
魔力：9
精神：6
俊敏：22
スキル：【敏捷上昇（小）】

四階層に相応しいレベルの魔物だ。

奈落に落ちる前の俺ならば遭遇しただけで逃げの一択であり、死を覚悟するレベルの相手だ。

しかし、ここより遥か底にある奈落を経験した俺のステータスは……。

名前：ルード
種族：人間族
状態：通常
LV42
体力：188
筋力：156
頑強：136
魔力：136
精神：112
俊敏：125
ユニークスキル：【状態異常無効化】
スキル：【剣術】【体術】【咆哮】【戦斧術】【筋力強化（中）】【吸血】【音波感知】【熱源探査】【麻痺吐息】【操糸】【槍術】【硬身】【棘皮】【強胃袋】【健康体】【威圧】【暗視】【敏捷強化（小）】【頑強強化（小）】【打撃耐性（小）】【気配遮断】【火炎】【火耐性（大）】【大剣術】【棍棒術】【纏雷】【遠見】【鑑定】【片手剣術】
属性魔法：【火属性】

魔物を倒してレベルとステータスが上昇しており、さらに魔物を喰らったことによって尋常ではない数のスキルを獲得していた。

文字通り、数値の桁が違った。

俺は片手で握っている戦斧を持ち上げることなく、獲得したスキルである【威圧】を発動。

「キャインッ！」

それだけでシルバーウルフは力量の差というものを理解したのか慌てて逃げ去っていった。

迷宮は地上に近づくほどに魔物のレベルが下がっていく。

四階層のシルバーウルフが下から上へと上がっている俺の相手にならないのは当然の摂理だ。

シルバーウルフのいなくなった通路を俺は歩んでいく。

この階層に俺の命を脅かす魔物はいない。その事実を認識するだけで、心と足が軽くなる。

迷宮の中だというのにピクニックのような気分だ。

ここにやってきたミノタウロスも俺と同じような気持ちだったのだろうか？

そう考えると、あいつと同類のような気がして嫌になったので深く考えることはやめた。

「にしても、冒険者の姿がまったく見えねえな」

俺がこの迷宮に入った時は、新しく発見された迷宮ということもあって多くの冒険者が一攫千金を夢見て足を踏み入れていた。低い階層は冒険者で溢れており、遅れて入ることになった俺たちはまともな狩場すらなかったほど。

あれから時間も経過していることだし、この四階層、五階層、六階層と探索が進んでいてもおかしくないほどなのだが、ここまで冒険者の姿は一人として目にしていない。

疑念を抱きながらあっという間に俺は迷宮の外に出た。

あまりの光量に反射的に目を細めてしまう。瞼を開けたり、閉じたりを繰り返していると、ようやく光量に目が慣れてきたのか落ち着いて景色を見ることができた。

だだっ広い遺跡のようなアベリオ新迷宮の入り口。

装飾の施された支柱の先には整備されていない土の道が続いている。

「外だ……」

奈落や迷宮内にある淀んだ空気とは明らかに違う、新鮮な空気。それを堪能するように大きく深呼吸をした。

空には暖かな光を放つ太陽が浮かんでおり、心地のいい日差しを浴びせていた。

「はあー！　ようやく迷宮の外に出ることができたぜ！」

ようやくその現実を受け入れることができたので俺は叫んだ。

ミノタウロスに殺されかけて、奈落へ落ちて、禁忌とされている魔物を食べて命をつなぎ、奈落から脱出するために化け物みたいな魔物と戦う日々。

一体、何度死にかけたことか。その苦労を思い出しただけで涙が出てきそうである。

感極まって叫んでしまうのも無理はないだろう。

しばらく感傷に浸ったところで改めて周囲に視線を巡らす。

「にしても、本当に誰もいねえな」

三階層、二階層、一階層と寄り道しながらここまで戻ってきたが、冒険者の姿はなかった。

あれほど押しかけていた冒険者がどこに行ったのか不思議でならない。

「バロナまで歩いて帰らないといけねえのか……」

こういった迷宮の外には冒険者を相手にした送り馬車などが待機しているものだが、その姿すらも見なかった。

バロナからここまで馬車で数時間はかかる距離を歩いて帰らないといけないとなると億劫でしかない。

しかし、ないものは仕方がない。

しばしの休憩を挟んだ俺はバロナまで走って帰ることにした。

走り出してみると、自分が想像しているよりも遥かにスピードが出た。

軽くランニングしているつもりなのだが、それでも馬車よりも速い。

上昇したステータスのお陰だろう。

足を速めてみると、もっとスピードが出た。景色が面白いくらいに過ぎ去っていく。

その速いスピードで走り続けてもまったくバテる気配がない。単純な速力だけでなく、スタミナも大幅に上昇しているのだろう。人間としての根本的な基礎能力が違うな。

面倒だった帰り道だが楽しくなり、俺はバロナまで走り続けた。


一時間もしないうちにバロナにたどり着いた俺は、冒険者ギルドに向かった。

ギルドの中に入ると、いくつもの視線が集まるのを感じた。

ただ視線の色は侮蔑とは違い、単純に俺を見て驚いているような感じだ。

視線に込められた感情の違いの原因がわからないままに、俺は新迷宮のことを尋ねるべく受付嬢のいるカウンターへ向かった。

「どうも」

「え？　瘴気漁り？　死んだんじゃなかったの!?」

軽く声をかけると、受付嬢は取り乱した様子で叫んだ。

人の顔を見るなり、死人扱いとは酷いものだ。

「いや、死んじゃいねえよ」

きっぱりと答えると、受付嬢は信じられないとばかりの表情を浮かべている。

「対応を代わらせてもらおう。俺はバロナ支部のギルドマスターのランカースだ」

詳しく話を聞こうとすると、奥からずいっと白髪の男がやってきた。

冒険者ギルドのバロナ支部を纏めているギルドマスターだ。

ギルドの中で何度も見たことのある男だったが、Ｅランク冒険者の俺には微塵も関係のない間柄であり、こうして言葉を交わすのは初めてとなる。

3話 新迷宮からの帰還

「ルードだ」

「すまないが冒険者カードを見せてくれるかね？」

ランカースの求めに応じて、俺はポケットから冒険者カードを取り出した。

ランクEを表す銅色のカードには、俺の名前、年齢、ギルドの定めたランクが記載されている。

ギルドが冒険者としての身分を保障している証だ。

「提示、ありがとう。纏う雰囲気は違うが、確かに君はルードだな」

俺もレベルが上がったからこそわかる。ランカースという男の強さが。

元Aランク冒険者だったというのは伊達じゃないな。

具体的な数値を【鑑定】で覗いてみたい気持ちに駆られるが、さすがに許可もなく見るのは失礼なのでやめておく。

「聞きたいんだが、俺は死んだことになっているのか？」

「ああ、アベリオ新迷宮の四階層にてミノタウロスが出現し、ポーターとして同行した君は殺されたという報告を『緋色の剣』から受けている」

なるほど。それでアベリオ新迷宮に冒険者が潜らなくなったのか。

ミノタウロスのような魔物が低階層をうろついていたら、ほとんどの冒険者はおちおち探索することもできないだろうからな。

まあ、今はそんなことはいい。気になるのはバイエルたちが俺のことをどのように報告したかだ。

「具体的にどのように殺されたかは？」

「ミノタウロスと遭遇し、なすすべもなく殺されたとしか聞いていないな」

やはり、バイエルたちは俺を見捨てて囮にしたことを報告していないみたいだ。

「へー、俺が実際に体験したこととは違いがあるなぁ」

「や、やあー！　ルード君！　無事だったのか！」

ランカースが口を開こうとした途端、バイエルが姿を現して声をかけてきた。

「ミノタウロスに襲われた時はダメかと思ったけど、まさか生きているとは思わなかったよ！」

「怪我はねえか？　俺たち心配してたんだぜ？」

「ルードを捜しに行こうと思ったけど、アベリオ新迷宮が閉鎖されちゃって中に入れなくなって……捜しに行けなかったの」

バイエルだけでなく、リック、サーシャが本当に俺の身を案じていたかのような顔をして近寄ってくる。

こいつら俺を囮にして見捨てておきながら、よくそんな言葉をかけられるものだ。

「さあ、ルードの生還を祝おうじゃないか」

「いいレストランを知っているんだ。そっちで飯でも食おう」

「賛成！」

バイエルとリックが左右から挟み込むようにして肩に手を回してくる。

なにげない風を装っているがかなり力が込められており、無理矢理にでも俺をランカースから引き離したいという気持ちが透けてわかった。

レベルアップする前のステータスであれば、為すすべもなく連れていかれただろうが、今の俺はそうはいかない。

俺は二人の力に抗って、その場に留まり続けた。

「生還祝いなんていらねえ。それよりも俺はギルドマスターに報告することがある」

「なにを言っているんだルード君。せっかく無事に帰ってこられたんだ――」

「――俺はコイツらに迷宮で捨て駒にされた」

淡々とした俺の報告にギルド中がシーンとした静けさに包まれた。

冒険者の間では、仲間を見捨てる行いは禁忌とされている。

冒険者ギルドのルールでも仲間を殺すような行いや、見捨てるような行いは禁じられており、それらを破れば重い罰が科せられる。

良くて冒険者資格の剝奪に重い罰金。最悪の場合は鉱山奴隷や死刑もあり得るほどだ。

冒険者は助け合いだ。それなのに我が身大切さに率先して仲間を裏切るようなものがいれば、安心して背中を預けるようなことができなくなってしまう。

「見捨てられたとは、どのように？」

「バイエルに荷物を奪われ、背中から斬りつけられた。リックにはスキルを使ってミノタウロスを擦り付けられ、その後はサーシャがヘイストを使って三人で逃げた」

俺の話を聞いて、周囲で聞き耳を立てていた冒険者もドン引きといった顔だ。

「それが本当であれば由々しき事態だ」

「そんなことはしていない！」

「大体、ルードの背中には傷だってねえじゃねえか！」

「傷は治したからねえが、ざっくりと鎧に斬りつけられた痕があるだろう！」

「魔物に斬られた傷だろう？　僕たちのせいにしないでもらいたいね」

などと主張してみるが、当然バイエルやリックが認めることはない。

やった。やっていないの水掛け論だ。

「そもそも、私たちがそんなことをした証拠なんてどこにあるのよ？」

そう言われると、こちらの立場も微妙に弱い。

なにせあの場所にいたのは、コイツらだけで他に目撃者はいなかった。

真偽のほどを確かめるのは不可能に近い。

所詮、迷宮でのトラブルは自己責任だ。

俺が訴えかけることによってバイエルたちの評判は落ち、ギルドに目をつけられるがそれだけだ。

またほとぼりが冷めた頃に同じことを繰り返すか、別の街で活動を再開するだろう。

やるせない。

「ならば、真偽のほどを明らかにさせよう。真偽官」

ランカースが声を上げると、奥から紫色の法衣を纏った少女が出てきた。

その少女を見た瞬間にギルド内がざわつく。

なぜならば、その紫の法衣は【真偽】スキルを所持している真偽官の証だからだ。

「ど、どうしてここに真偽官がいるんだ!?」

真偽官の姿を見て、バイエルが驚きの声を上げる。

人の嘘を見抜く【真偽】スキルは先天的なスキルであり、後天的に手に入れることができないとあってか所持している者は稀少だ。故にそのスキルを持った者の多くは国に召し上げられ、真偽官としての職につく。

真偽官は王族や貴族が住まう王都にいることがほとんどで、このような辺境の小さな都市にいないのが普通だ。

「……ここ最近妙にきな臭いことが多いからな。昔の伝手を頼って呼んでいたのさ」

じろりとバイエルたちに視線を送るランカース。

やけに手慣れた手口だった故にバイエルたちが今回のようなことを繰り返しているのは明らかだ。

「真偽官、この冒険者たちはルードの主張を否定しているようだが、真偽のほどはいかがだった?」

「……『緋色の剣』のメンバーは嘘をついている。そこにいるルードという男の主張が真実」

ランカースが尋ねると、真偽官が淡々とした口調で述べた。

「決まりだな」

「そ、そいつは嘘を言っているんだ！　僕たちはやっていない！　これ以上ない証拠だ」

「おいおい、見苦しいぞ。真偽官による判定だぞ？　これ以上ない証拠だ」

【真偽】スキルによる判定は絶対だ。それは国によって正式に認められている。

「私たちは四階層でミノタウロスに遭遇したのよ？　あんな化け物に遭遇すれば、誰だって命が惜しいに決まってるじゃない！」

「それだけなら情状酌量の余地もあったが、仲間を後ろから斬りつけ、魔物を擦り付けるのはやり過ぎだな。明確な悪意しかない。それ以外にもお前たちのパーティーに臨時で加入したポーターがやけに死んでいる。他にも叩けば色々と出てきそうだな？」

恐らく、冒険者ギルドはバイエルたちに目をつけていたのだろう。

だからこそ、ランカースは王都に掛け合って真偽官を呼び寄せていたに違いない。

「余罪は後で確かめるとして冒険者資格剥奪の上、奴隷になるのは間違いないだろうな」

「ね、ねえ、嘘よね？　私、奴隷なんて絶対嫌よ！」

「俺だってなりたくねえよ！　こんなことで奴隷なんて冗談じゃねえ！」

ランカースの言葉を聞いて、サーシャとリックが真っ青になって叫ぶ。

こんなことと言っている辺り、本人たちがどれだけ悪質なことをしていたかの認識は薄そうだ。

にしても、バイエルがやけに静かだ。

不自然に思って視線を向けると、バイエルは俯きながら身体を震わせていた。

「ククク、僕が冒険者資格を剥奪……奴隷……こ、こんなこと認められるものかああああああああ！」

バイエルが剣を抜いて動き出す。

俺に襲いかかってくるのかと思いきや、矛先は真偽官であった。

さすがに見過ごせない動きだったために、俺はすぐに反応して真偽官とバイエルの間に割り込む。

「どけえええええ！　瘴気漁り！」

「真偽官に手を出すのはダメだろうが」

俺はがら空きになっているバイエルの顔面を殴って吹き飛ばした。

「あっ、やり過ぎちまった」

手加減はしたつもりだったが、迷宮で捨て駒にされた怒りでつい力が入ってしまった。

「生きていれば構わんさ」

白目を剥いてしまっているバイエルだが、ピクピクと身体は動いている。

ちゃんと生きていることにひとまず安心だ。

こいつらにはちゃんと生きて罪を償ってほしいからな。

「な、なんでレベル7なのにバイエルに勝てるんだよ!?」

「瘴気漁りの癖におかしいわよ！」

「なんでだろうな」

本当はレベル42なのだが、それをこいつらに教える必要はない。

「で、お前たちもやるか？」

殺気を放ちながら圧をかけるランカースにリックとサーシャは早くも戦意を喪失し、大人しく奥の部屋へと連れていかれるのだった。


五日後。新迷宮での疲労を癒した俺は冒険者ギルドに顔を出すことにした。

ギルドに入ると、周りの冒険者から視線が集まる。

巻き込まれたとはいえ、あれだけの騒ぎを起こしたのだ。目立つのは仕方がないだろう。

少し久しぶりとなる冒険者ギルドは、いつも通りの姿をしていた。

「ルードさん、先日の事件のことで少しお話があるのですがよろしいでしょうか？」

掲示板に貼り出されている依頼をチェックしようとすると、受付嬢の一人に呼び止められたので俺は滅多なことでは使われない奥の部屋に向かう。

ギルドの応接室には赤いカーペットが敷かれており、中央にはゆったりと座れるソファーとローテーブルが設置されている。部屋の角には観葉植物があり、壁には絵画が掛けられている。

ギルドの応接室には初めて入ったが意外と綺麗な内装だ。

「朝から呼び出してすまないな」

内装を見ていると、ソファーにはギルドマスターであるランカースがいた。

「いえ、俺も顛末は気になっていたので」

「腰掛けてくれ」

促されて対面に座ると、ランカースはバイエルたちのその後の処罰について教えてくれた。

どうやらバイエルたちは俺以外にも迷宮にポーターを連れては魔物の囮にするようなことを行っていたようだ。それだけでなく新人冒険者に魔物を擦りつけたり、後をつけて恐喝をするといった犯行も過去に繰り返していたようだ。

そういった余罪が真偽官にすべて暴かれて、『緋色の剣』のメンバーは財産をすべて没収、冒険者資格を剥奪の上、犯罪奴隷となったらしい。

その中でもリーダーであるバイエルは犯罪奴隷よりも重い、鉱山奴隷にされたようだ。

「よりによって国が立場を保障している真偽官に手を出そうとしたからな」

重罰となった決め手は逆上して真偽官を襲ったことだそうだ。

あれがなければ、犯罪奴隷で留まれていたのかもしれない。

「ギルドの定めた規則により『緋色の剣』から没収した財産の一部が被害者であるルードに引き渡されることになる」

ランカースが視線を送ると、控えていた受付嬢がそっとテーブルの上に革袋を置いてくれた。

中を確かめてみると、二十万レギンほどが入っている。

ランクDの三人パーティーにしては少ない気もするが、冒険者はその日暮らしの者も多いしな。

ギルドの取り分や他の被害者への補塡を考えると、こんなものだろう。

「なにか気になることや不満な点はあるか？」

「特に」

気になっていた『緋色の剣』の顚末も聞けたことだし、お金だって貰えた。これ以上、何かを求めるつもりはない。

「では、『緋色の剣』に関する事件はこれで終わりとしよう」

区切りがついたところで俺はソファーから立ち上がった。

「個人的な興味なのだが、ミノタウロスを相手にしてどうやって生き残ったんだ？」

新迷宮に入る前の俺のレベルはギルドも把握している。

そんな俺がミノタウロスと遭遇し、どうやって生き残ったのかと思うのは当然だろう。

魔物を食べて上昇したステータス、獲得したスキルなどは言えないが、あの新迷宮に危険があることは伝えておいた方がいいだろう。

「ミノタウロスの攻撃で迷宮の壁に穴が開いた。ミノタウロスは落下の衝撃で死に、俺はその死体がクッションになったことで助かった。だけど、そこは見たことのない階層で化け物みたいな魔物がうじゃうじゃいた」

「……運がいいのか悪いのか判断に悩むな」

端的な俺の説明を聞いて、ランカースが苦笑する。

迷宮でミノタウロスに出会う時点で運が悪いのだが、それほどの強敵を相手に生き延びているので運がいいとも言える。

結果論としてでは、あの過酷な環境を生き抜くことができたので運が良かったと言えるのだろうな。

「にしても、見たことのない階層とは隠し階層のことか？　その場所にはもう一度行けるのか？」

迷宮には思いもよらない場所に階層や領域があったりする。魔法による特殊な仕掛けだったり、迷宮としての特質が関係しているのだが、詳しい仕組みはわかっていない。

「戻ってみた頃には綺麗に穴はなくなっていた、もう一度行けるかは怪しそうだ」

「ふむ。念のために調査しておくか。貴重な情報提供に感謝する」

「いや、今回の事件では助かった」

ランカースが真偽官を連れていなければ、バイエルたちは証拠不十分となって、今ものうのうと冒険者活動をしていたことだろう。

俺や他の若い冒険者にとって、バイエルたちの罪が暴かれたのは良かったことだと思う。

「では、俺はこれで」

「ああ」

ランカースに礼を伝えると、俺はギルドの応接室を出た。

応接室を出ると、俺はギルドの掲示板に戻って貼り出された依頼を確認する。

話し合いをしている間に朝の目ぼしい依頼は取られてしまったようだ。残っているのは長期間放置されている塩漬け依頼や、割の合わない依頼ばかりだ。

まあ、別に今日は依頼を受けるつもりじゃなかったので問題はない。

レベルがここまで上がった以上、今まで通りに瘴気迷宮の低階層でチマチマと魔物を倒して、採取する必要はない。

もっと深い階層にいる魔物を倒し、その魔石や素材を売り払う方が遥かに実入りはいい。

効率よく狩りをするにはパーティーを組む方がいいのだが、瘴気漁りという悪名や、先日の事件で悪目立ちをした俺をパーティーに誘おうとする者はいない。

バイエルを殴り飛ばしたことで一目は置かれているようだが、敬遠するような視線は相変わらずだ。

レベルの高さを宣言すれば勧誘されるかもしれないが、俺が強くなるためには魔物を食べる必要がある。

魔物食が禁忌とされている中、一般人の前でそれをすればどのようなことになるか……問題になるに決まっている。考えただけで面倒だ。

先日の一件でパーティーはこりごりだ。当分は一人で活動をする方がいい。

そんなわけで、俺はいつも通りに一人で日銭を稼ぐことにした。


前のように一人で稼ぐことを決めた俺は瘴気迷宮にやってきていた。

自分一人で稼ぎやすい場所となると、やっぱり俺のユニークスキルを活かすことのできる瘴気迷宮となる。

ここなら瘴気を嫌ってほとんどの冒険者は寄り付かないので一人でゆっくりと探索をするにはもってこいだからな。

奈落に落ちてから急激にレベルが上がったので、今の自分の実力を試すのにいい。

【音波感知】で索敵をしながら進んでいくと、薄暗い通路の先に五つの小さな気配を察知した。

恐らく、瘴気鼠だろう。

戦うことを選択し、そのまま進んでいくと正面から五匹の瘴気鼠が現れた。

瘴気鼠
LV9
体力：24
筋力：16
頑強：12
魔力：5
精神：3
俊敏：27
スキル：【瘴気】

【鑑定】を発動すると、瘴気鼠たちのステータスが表示される。

おおむねのレベル8か9。ステータスやスキルに大きな違いはない。

以前の俺ならば五匹というだけで迂回、あるいは逃げの一択であるが、あの時とはレベルが違った。

俺はマジックバッグから大剣を取り出した。

――マジックバッグ。瘴気迷宮にやってくる前に魔道具店に寄って買ったものだ。

値段は二十万レギン。賠償金として貰ったバイエルたちのお金をすべて使った。

大金を失うのは不安だったが、一人で冒険者活動をする以上は持ち運べる荷物に限界がある。

しかし、マジックバッグがあれば最低限の手荷物はマジックバッグ一つだけだ。

買わない手はないだろう。

お陰で懐は寂しくなってしまったが、今から稼いでいけばいい。

瘴気鼠が体を震わせて瘴気を浴びせようとしてくる。

俺はそれよりも前に駆け出して大剣を振るう。たったそれだけで三匹の瘴気鼠が両断された。

自分でやったとは思えない結果に自分自身で驚いてしまう。

今までは急所以外のところに当てても、一撃で倒すことができなかった。

それなのに今回は大した抵抗を感じないままに一撃で胴体を斬り捨てることができた。

今までと同じ動作なのにここまでの差が出るとはな。

残った二匹の瘴気鼠は俺の動きを追えていないようで完全に混乱している。

慌てふためいた鼠を狩るのは非常に簡単で、そのまま残りの二匹も手早く処理した。

瘴気鼠五匹があっという間だ。スキルを使うまでもない完全勝利。

「ちゃんと強くなっているんだな……」

つい先日まで同じ魔物三匹相手に死闘を繰り広げていたのが嘘のようだ。

思わず苦笑しながら瘴気鼠の遺骸から魔石を取り出し、食用のための個体はマジックバッグに収納する。

奈落の時は早急に強くなる必要があったのですぐに食べていたが、ここは奈落よりも遥かに安全な迷宮の六階層だ。迷宮の中でそこまで急いで食べる必要はないだろう。

時折遭遇する瘴気鼠を倒しながら通路を進んでいくと、下の階層へと至る階段を見つけた。

以前の俺ならば絶対に降りることはない。

なぜならば、俺が熟知している階層は六階層までで、それ以上下の階層に降りると命の危険が跳ね上がるからだ。

しかし、レベルが上がった今となっては躊躇う必要はない。

「よし！　どこまで行けるか試してみるか！」

今日は自分がどこまでやれるのか試す日だ。行けるところまで潜ってみよう。

4話 ジェネラルリザードのテールステーキ

瘴気迷宮の二十四階層の広間にて、俺は大量のソルジャーリザードに襲われていた。

ソルジャーリザードは、二足歩行をしている大きな蜥蜴だ。

そいつら全員が鉄製の防具を纏い、武器を持っている。

「おらぁっ！」

一体のリザードを吹き飛ばすが、その穴を埋めるように丸い盾と剣を持ったリザード二体が前に出てくる。

他の棍棒を持ったリザードたちも俺を囲むためにゆっくりとにじり寄ってくる。

魔物とは思えない統率された動きだ。やりづらい。

「ソルジャーリザードだからって、ここまで連携ができるもんか!?」

ソルジャーリザードは確かに集団行動が得意な魔物だが、ここまで息を揃えたような連携ができるものだろうか？

相手の攻撃をかいくぐりながら視線を凝らすと、リザードたちの奥に仰々しいヘルムを被りながら指示らしきものを飛ばしている個体がいた。

ジェネラルリザード
LV32
体力：116
筋力：88
頑強：68
魔力：54
精神：77
俊敏：66
スキル：【指揮】【片手剣術】
【盾術】【瘴気耐性（中）】

【鑑定】してみると、あいつだけ個体名が違い、【指揮】をはじめとする複数のスキルを所有している。

「あいつのせいか！」

あのジェネラルリザードが広い視野を確保しながら指示を出しているのだ。

リザードたちの連携がやけにいいわけだ。

そうとわかればまずは頭を潰すに限る。

俺は【身体強化（小）】を発動させると、盾を構えているリザード三体を力ずくで吹き飛ばした。

吹き飛んだリザードたちは、後ろで待機していたリザードにぶち当たり、前衛が一気に崩れる。

その隙に俺は一気に跳躍し、ジェネラルの前に躍り出た。

ジェネラルに指示されて、傍を固めていた二体のリザードが守るように盾を構える。

俺は盾を一切気にすることなく、スキルとステータス数値を頼りに大剣を薙ぎ払った。

それだけで二体のリザードは吹き飛び、身を守る者のいなくなったジェネラルの胴体を袈裟斬りにした。

しかし、次の瞬間、俺の胴体めがけて剣が突き出される。

大剣を振り下ろして隙が出来ていた俺は何とか身をよじって回避しようとするが、躱しきることができない。

「【硬身】」

咄嗟に俺は手に入れたスキルを発動すると、ジェネラルの突き出した剣は硬質化した俺の皮膚によって弾かれた。

「ギエッ!?」

ただの人間の皮膚がこれほどの硬度を持っているとは思わなかったのだろう。ジェネラルが戸惑いの声を上げる。

その隙に距離を取ると、ジェネラルの周囲を再びリザードたちが固め始めた。

「あぶねえ、スキルがなかったら一撃貰っていたな」

先程のスキルは奈落にいたアーマーベアーという硬い鎧を纏っていた魔物を喰らって手に入れたスキルだ。使用するのは初めてで咄嗟にやってみたが、上手く発動できたみたいで良かった。

「にしても、なんでピンピンしてやがるんだ？」

俺の振るった大剣は確かにジェネラルの胴体を捉えた。

それなのにジェネラルの体には一切の傷がついていない。

単純にステータスは俺の方が上だし、数値が頑強に特化しているわけでもない。

俺の一撃を食らって無傷というのは明らかに変だ。

なにかからくりがあると思って周囲に視線を巡らせると、後ろで瀕死になっているリザードがいた。

ただ瀕死になっているだけなら何も違和感はないのだが、そのリザードの胴体には袈裟斬りにされたかのようなバッサリとした裂傷ができており、多くの血を流している。

まるで、ジェネラルが受けてしまった一撃を貰い受けたように。

ソルジャーリザード
LV25
体力：88
筋力：54
頑強：55
魔力：32
精神：21
俊敏：37
スキル：【片手剣術】【盾術】
【瘴気耐性（中）】【肩代わり】

瀕死になったリザードを鑑定してみると【肩代わり】というスキルがあった。

「お前がジェネラルの一撃を肩代わりしたのか！」

そんなスキルがあるとは思わなかった。あったとしてもジェネラルの代わりにダメージを貰い受けることなど普通はしないだろう。

実力主義の魔物社会だからこそ、命じて実行できるスキルだろうな。

俺は念のために他のリザードも【鑑定】していく。

どうやらダメージを貰い受けるようなスキルを持っているのはあのリザードだけのようだ。

だったらジェネラルを倒す前に瀕死になったあのリザードを倒してしまおう。そうしないと先ほどのように思わぬ反撃を貰ってしまうからな。

俺はジェネラルに武器を向けて襲いかかるとみせかけて、背後にいる【肩代わり】を持つリザードに襲いかかる。

まさかいきなり俺に狙い撃ちされるとは思っていなかったのだろう。ダメージを肩代わりして瀕死になっているリザードは俺の動きにロクに反応することができず、首を刎ね飛ばされた。

「ギャエエエエエッ！」

いざという時の保険が潰されたことによりジェネラルが怒り狂った声を上げた。

ジェネラルの咆哮を聞いて、リザードたちが一気に押し寄せてきた。

「まとめてやってきてくれるなら助かる。【麻痺吐息】」

黒蛇から手に入れたスキルを使用し、黄色い霧を吹きかける。

「ギ、ギエエエッ!?」

放出された麻痺毒はまとめてやってきたリザードたちを包み込み、その動きを停止させた。

先程の【鑑定】でこいつらに麻痺耐性が無いことは確認済み。

リザードたちはまとめて戦闘不能となる。

俺の行く手を阻む奴らがいなくなれば自由だ。俺はジェネラルを守っている残りのリザードを瞬く間に始末する。

「後はお前だけだな」

強さの源である集団行動と連携を奪ってしまえば、ジェネラル一体を相手に苦戦することはない。

俺の振るった大剣はあっさりとジェネラルの首を吹き飛ばした。

「……さて、どうやって食べるかだな」

平和になった二十四階層の広間で腰を落ち着けて悩んでいた。

周囲には多くのリザードたちの遺骸がある。強くなるために食べるしかないのだが、どうやって食べるかだ。

普通の蜥蜴なんかは食べたことがあるが、大体が串に刺して丸焼きか、鱗や内臓を取って素揚げだ。

しかし、これほどの大きさになるとそれは厳しい。

マジックバッグの中に魔物を調理するための道具や調味料は一通り入っているが、この大きさの魔物を調理できる道具まではなかった。

となると、腕や脚だけを切り落としてそこを食べるか？

魔物とはいえ、リザードは二足歩行する人間に近しいタイプの形だ。

それを思うと妙に生々しくて食べづらい。

いや、ミノタウロスも同じ人型だったし、何を言っているんだって思うかもしれないが、あの時は色々と限界だったから考える余裕すらなかった。

だけど、今は余裕がある故に色々と考えてしまう。

「……変に考え過ぎるな。これも強くなるために必要なんだ」

人間に近しい体型だから食べたくないなどと言っている場合じゃない。

こいつらの持つ【指揮】【盾術】【肩代わり】【瘴気耐性（中）】といったスキルは俺にないものだ。

喰うだけでそれを手に入れることができるんだ。強くなるためには食べる以外の選択肢はない。

そもそも既に魔物を食べる禁忌を犯しているんだ。

強くなるために人に近しい見た目をした魔物を喰うことになんの躊躇いがあるというのか。

Sランク冒険者を目指す以上、これくらいのことでまごついている暇はない。

そう決意して手でも脚でも喰らってやろうと解体をしてみたが、リザードたちの体はかなり細身なせいか可食部が少なかった。

食べられる僅かな部分も筋張っているようで調理をしてもあまり美味しくなさそうな気配。

それでも食べられるには違いないが、どうせ食べるなら美味しく食べたいと思うのが人間だ。

「他に食べやすそうな部位だと尻尾か……」

尾骶骨の辺りからすらりと伸びている尻尾。

表面を触ってみるとザラリとした皮膚の感触。

鱗も少なく、肉質もぷにぷにとしており柔らかそうだ。骨も少ないようで単純な可食部も多いように見える。

剣ですっぱりと尻尾を断ち切ってみると、中央に小さな骨があるだけで綺麗な肉質の断面が見えていた。

「尻尾が一番美味そうだな」

腕だろうが脚だろうが喰ってやると覚悟を決めたのにカッコ悪いが、美味しく食べられる部位があるならそこを食べるに越したことはない。

マジックバッグから調理道具を取り出すと、包丁を使って尻尾にある僅かな鱗を削いでいく。

鱗がなくなると黒蛇の時のように断面に切れ目を入れて、そこからざらついた皮膚を引っ張って剝がした。

尻尾の下処理を終えると、広間にある石を積み上げて竈に見立て魔法で火を起こす。

その上に油を引いたフライパンを設置し、リザードの尻尾を食べやすい大きさにカットすると塩、胡椒を振りかけて投入。

「って、うおおおおお！　脂の量が尋常じゃねえな！」

開幕から派手にジュウウウッと油の弾ける音が鳴った。

リザードの尻尾肉は一般的な肉よりも脂身が多いのか、熱を通すと脂が滴る。

それと同時に香ばしい匂いが漂う。見た目からしてあっさりとした味かなと思っていたのだが、これは期待できそうだ。

やがていい具合に肉が焼き上がると、お皿へと盛り付ける。

魔物の肉をきちんと調理するのは初めてなので楽しみだ。今までは原始的な食べ方ばっかりだったからな。

「喰うとするか」

ナイフで切り分けると、じんわりと肉汁が出てくる。

冷めない内に頬張ると、口の中で尻尾肉の旨みと脂身が弾けた。

「美味い！」

やはり特筆すべき点はギュッと詰まった脂身だろう。

噛めば噛むほど肉から脂と旨みが染み出てくる。

肉質はとても柔らかく非常に食べやすい。

濃厚な脂身がシンプルな塩、胡椒の味わいと非常に合っている。

「調味料があるって最高だな……」

奈落では調理道具や調味料なんて贅沢なものはなかった。

どれだけマズかろうが、美味しい食材だろうが、ただ焼いて食べるしかない。

それのなんと味気なかったことか。

しかし、今の俺にはマジックバッグがある。

荷物を手軽に大量に持ち歩けるようになったことで迷宮の中でもこうして調理をすることができ、魔物を美味しく食べられるようになった。

これだけで二十万レギンを払った甲斐はあるというものだ。

リザードの尻尾肉を食べ終わると、同じようにジェネラルの尻尾も食べてみる。

こちらはリザードと比べると脂身は少なかったが肉の弾力が強かった。

味のインパクトは劣るかもしれないが、これはこれで食べ応えもあり、脂もちょうどいいと言える。悪くない。

名前：ルード
種族：人間族
状態：通常
LV46
体力：235
筋力：195
頑強：157
魔力：146
精神：120
俊敏：140
ユニークスキル：【状態異常無効化】
スキル：【剣術】【体術】【咆哮】【戦斧術】【筋力強化（中）】【吸血】【音波感知】【熱源探査】【麻痺吐息】【操糸】【槍術】【硬身】【棘皮】【強胃袋】【健康体】【威圧】【暗視】【敏捷強化（小）】【頑強強化（小）】【打撃耐性（小）】【気配遮断】【火炎】【火耐性（大）】【大剣術】【棍棒術】【纏雷】【遠見】【鑑定】【片手剣術】【指揮】【盾術】【肩代わり】【瘴気耐性（中）】【瞬歩】
属性魔法：【火属性】

自分のステータスを確認してみると、ジェネラルリザードとソルジャーリザードのスキルを獲得していた。

それだけでなくレベルも4ほど上がっている。レベルこそ俺よりも低かったもののかなりの数がいたので、その分多くの経験値を獲得することができたのだろう。

ジェネラルの指揮によるリザードの連携や思わぬスキルに翻弄されたが、俺はまだまだこの階層を潜ることができそうだ。

確かな実感を抱いた俺は食事を終えると、瘴気迷宮の階層をさらに深く潜っていくのだった。

「……これって本当にあなたが討伐した魔物なの？」

瘴気迷宮での探索を終えて、ギルドで魔石や素材の換金を頼むと、カウンターにいる受付嬢が怪しむような視線を向けてくる。

レベル7だった俺が、それよりも高レベルの魔物の魔石や素材を持ち込んでいるんだ。

怪しまれるのは当然かもしれない。

素直にレベルが46なのでと説明すると、こんな短期間でどのようにしてレベルを上げたのかと根掘り葉掘り聞かれることになって面倒だ。

信用もしていない相手に魔物を喰らって強くなりました、なんて説明したいとも思わない。

そんなわけで俺の対応はそのままゴリ押すだけになる。

「そうだが？」

「いや、あり得ないでしょ？　だってあなたのランクはE。ソルジャーリザードやケイブバット、インセクトスパイダーなんて倒せるはずがないじゃない」

本当はジェネラルリザードも倒していますし、なんて言ったら発狂しそうだ。

「新迷宮で置いてけぼりにされて、一人で頑張ったからな。前よりも少しは強くなったんだ」

「置いてけぼりにされるような人が倒せるとは思えないけどねえ？」

「頑張って倒したんだよ。魔石や素材がその証拠だ」

「どうだか。他人のマジックバッグでも盗んできたんじゃないのー？」

受付嬢があざ笑うような口調で言ってくる。

よりによって俺のことをよく思っていない受付嬢が担当か……。

素直にレベル46なので余裕で倒せますと告げたところで、この態度を見れば信じるかどうかも怪しいな。

「いや、他人のマジックバッグは勝手に開けられない仕様だろうが」

マジックバッグは最初の使用者が魔力を込めることで本人登録がされるので、他人がバッグを奪ったとしても道具を取り出すことはできない。それを打開するユニークスキルやスキル、魔法技術があれば別だが、そんな能力があるものがマジックバッグを奪うようなみみっちい真似はしないだろう。

「うるさいわね！」

そんな初歩的な指摘をすると、この受付嬢は知らなかったのか顔を真っ赤にして叫んだ。

「なにを騒いでいるんだ。お前たちは」

すると、ちょうど階段から降りてきたランカースがやってきた。

ランカースが現れると、受付嬢はバツが悪そうな顔をしたが、すぐに表情を取り繕って毅然とした態度になる。

「この冒険者が身の丈に合わない素材を持ち込んでいたので事情を聞いていただけです」

「事情を聞いていたという割には、無駄な会話が多かったように思えるがな？」

どうやらランカースは俺たちの会話を聞いていたようだ。

となると、先ほどからずっと繰り返していたネチネチとした皮肉も聞いていただろうな。

事情を確かめていたといえば聞こえはいいが、先ほどの彼女の言葉は明らかに冒険者に接する態度ではない。

「そ、それは……」

「もういい。お前はもう下がれ」

ランカースはため息を吐くと、口ごもる受付嬢をカウンターから追い出した。

受付嬢がこちらをキッと睨むと、苛立たしげな足取りで奥の職員フロアに引っ込んでいった。

「前々から思っていたんですが、受付嬢たちのあの態度はなんとかなりませんか？」

「すまない。俺もこんな露骨な態度の者がいるとは思わなくてな……他の者たちも大体こうなのか？」

「半分くらいはあんな感じです」

はっきりと告げてやると、ランカースは困ったように眉を寄せた。

「それは申し訳ないことした。俺からも改めて指導することにする」

「そうしてもらえると助かります」

受付嬢に選ばれる者は容姿も良く、愛想もいいので、基本的に冒険者からの評判はいい。

だからこそ、裏でこのような態度を取っているとは思わなかったのだろう。

ギルドマスターとはいえ、ランカースだってすべての職員の実態を把握しているわけじゃない。

先日の件からランカースには便宜を図ってもらっているので、強く責める気にもならなかった。

「奥のフロアで態度に問題のない奴はいるか？」

「あそこの端っこにいる眼鏡をかけた女性は普通でした」

俺が指さしたのはフロアの端っこで黙々と書類に何かを書き込んでいる職員。

ブラウンの髪を肩口で切り揃えた比較的真面目っぽい雰囲気の女性だ。

あの人は俺が瘴気漁りと知っていても、露骨な態度を見せることなく普通に対応してくれたのを覚えている。

「そうか！」

俺の言葉を聞いてランカースは顔を綻ばせると、奥のフロアにいる眼鏡の女性をこちらに呼んだ。

「そういうわけで、イルミ。後は任せた」

「なにがそういうわけかはわかりませんが、査定カウンターに入ればいいのですね。かしこまりました」

ランカースは忙しいのか、眼鏡をかけた職員を呼びつけると去っていった。

「先程は同僚の者が失礼をいたしました。対応を代わらせていただきます、ギルド職員のイルミと申します」

心做しランカースに呆れていた職員だったが、カウンターに入るなりぺこりと頭を下げて謝罪をし、自己紹介をしてくれた。

他の受付嬢と比べると態度が雲泥の差だ。

「Eランク冒険者のルードだ。よろしく頼む」

「魔石や素材の買い取り査定ですね。鑑定いたしますので少しお待ちください」

改めて提出した素材を鑑定していくイルミ。

「すべての魔石と素材を合わせると、買い取り額は五十万レギンとなります」

「お、おう」

査定の結果、一日の稼ぎ額がバカみたいな金額になった。

「こちらの査定で問題はありませんでしょうか？」

「ない。換金を頼む」

金額に驚いて硬直しながらも頷くと、イルミは淡々と魔石と素材を回収し、貨幣の準備をする。

カウンターに差し出された金貨の数に驚きながらも、俺はそれらを丁寧にマジックバッグに仕舞った。

たった一日で五十万レギン。

これまでは何日も迷宮に潜って成果がゼロということもザラにあったし、瘴気草の群生地を見つけた時でも一日八千から一万が精々だった。

過去の俺の努力がバカらしくなるが、これがレベルによる差というものなのだろう。

冒険者稼業は残酷だな。

「せっかく懐が温まったことだし、美味しいものを食べるか」

換金を終えた俺は冒険者ギルドを出て、都市の中央に向かうことにした。

外は既に夕方で薄暗く、魔石を原動力にした照明がちらほらと点灯し始めていた。

石で舗装された大通りを真っすぐに進んでいくと、綺麗な外観をしたレストランが立ち並ぶようになる。

道を歩く人たちも品のいい者が多くなり、明らかに富裕層向けだとわかる。

いつもならこんなところに来ることはできないが、ギルドでの換金が思っていた以上の額になったからな。頑張ったご褒美として美味しいものを食べるくらいはいいだろう。

食べることこそ俺の数少ない趣味の一つ。たまには贅沢をしたい。

そう自分に言い聞かせると、レストランの中でも肉料理で有名な『ホーンテッド』という店を見つけた。

「……確かここは食用のために育てた牛の肉を仕入れているんだったよな」

一般的に市場に出回る肉は家畜として食肉以外の用途で使い潰されたものか、とにかく太らせるために大量飼育されたものだ。

しかし、この店が仕入れている牛肉は人間が美味しく感じられるように餌を調整して与え、丁寧に育てていると聞いている。

美味しく食べるためだけに調整して育てられた牛と聞くと少しだけ可哀想に思ったが、それでも味がどのようなものか気になった。

「よし、入ってみるか」

扉をくぐると、スーツを纏った大柄な獅子頭の獣人が出迎えてくれた。

いつもなら大抵席は埋まっているものだが、早い時間とあって空いているようだ。

早めに決めてよかった。

高級感のある店内の雰囲気に圧倒されながら席につくと、店員が水の入ったグラスとメニューを差し出し、いかにこの店で仕入れている牛肉が手間暇をかけられているか語ってくれた。

そんなこの店でのおすすめは白牛のステーキ。

迷うことなくそれを注文すると、店員は慇懃に頭を下げると奥に引っ込んでいった。

グラスの水をあおりながら店内を見回すと、明らかに質のいい衣服をまとった商人が歓談しており、老夫婦が上品な仕草でステーキを切り分けて食べている。

大きな叫び声や下ネタが飛んでくることもない。静謐な空間だ。

いつもガヤガヤとした食堂で食べている俺としてはやや落ち着かない空気だが、たまにはこういうのもいいだろう。

ぼんやりと店内を眺めていると、程なくして先ほどの獅子頭の獣人が料理を持ってやってきた。

じゅうじゅうと音を立てる鉄板の上には分厚いステーキが鎮座しており、香ばしい肉汁の匂いがしている。

早速ステーキにナイフを入れると、あっさりと肉は切り裂かれ、綺麗な薄ピンクの断面が見えた。

「これは美味しそうだ」

肉汁滴るステーキにフォークを刺して豪快に頬張った。

「…………あれ？」

食べた瞬間に俺は首を傾げた。

……なんか期待していたよりもそんなに美味しくないような？

いやいや、そんなバカな。この店は中央区でも有名で評判も高い店であり、バロナ以外にもたくさん支店がある。そんな人気店のおすすめ料理が美味しくないなんてはずはない。

口の中をリセットするために俺はグラスの水をあおった。

よし、もう一度食べてみよう。

もう一切れの肉を食べてみる。

絶妙な加減で火を通された白牛の肉はとても柔らかく、嚙む度にジューシーな旨みが広がる。

だが、それだけだ。

ミノタウロスを食べた時のような荒々しい野生の風味と旨みもなく、黒蛇のように身が引き締まっており旨さが濃縮されているわけでもないし、ソルジャーリザードのような強い脂身があるわけでもなかった。

シンプルに物足りない。これなら迷宮の中で倒した魔物を自分で調理して食べる方が遥かに充足していると感じてしまう。

奈落や迷宮で食べてきた魔物料理と比べると、目の前の白牛のステーキは酷く色褪せているように感じた。

もしかして、普通の食材よりも魔物の方が食材としての味が良いんじゃないだろうか？

あるいは魔物を食べたことによって、俺の身体が変異して魔物の方が美味しく感じられるようになってしまったのか。

「お客様、料理に何かご不満がありましたでしょうか？」

獅子頭の獣人がおそるおそるといった様子で声をかけてくる。

ステーキを二切れ食べただけで食事の手を止めているのだ。店員が不安に思うのも無理はない。

「いや、そんなことはない。少し考え事をしていただけだ」

「そうでしたか。これは失礼いたしました。御用があればなんなりとお声がけください」

店員が下がると、俺は食事を再開する。

別に美味しくないというわけじゃないが、やっぱり物足りない。

本当は他にもたくさんの料理を注文したかったが、なんとなくそんな気は起きずに、ステーキを平らげると俺は店を出た。

魔物の方が食材として優れているのではないか。

そんな疑問が気になって仕方がなくなった俺は、その事実を確かめるために都市の外にある草原へやってきた。

既に周囲は暗闇が支配しており、夜の草原は真っ暗だ。

しかし、【暗視】スキルを所持している俺からすれば、暗闇であろうと昼間のように見えていた。

膝丈ほどの長さのある草むらを踏みしめて草原の中を進みながら【熱源探査】を使用。

【音波感知】は音波が反響する室内では有効だが、このような開けた場所では音波があまり反響せず拾える情報が少ないのでこちらのスキルを選択した。

周囲を見渡しながら進んでいくと、視界の中で二つの熱源反応を感知。

ホーンラビットだ。レベルも低く、駆け出し冒険者が対峙する魔物の筆頭ともいえるやつだ。

額に生えている角が脅威的だが、直線的な動きのために動きを捉えるのは容易だ。

一直線に突進してくるホーンラビットの横面に裏拳を当てるとゴキリと骨を砕く音が伝わった。

遅れて左側から跳躍してくるホーンラビットには解体用のナイフを首筋に当てて切り裂く。

それだけで二体のホーンラビットは動けなくなった。

元々、ホーンラビットは何度も戦っていただけに苦労することはない。今のレベルでなくてもあっさりと仕留めることができるのでこの結果は当然だった。

上昇したステータス値のせいでホーンラビットを塵にしてしまわないよう加減するのに神経を使ったくらいだった。

とにかく、どちらも無事な状態でなによりだ。

ホーンラビットたちの血抜きをすると、額に生えている角をポキリとへし折る。

この角はギルドが一本百レギンで買い取ってくれるために、きちんとマジックバッグへ収納。

次に両方の後脚の足首周囲の皮に切り込みを入れる。

後脚と皮をそれぞれの手で摑み、皮を頭の方に引っ張りながら剝がしていく。

皮をすべて剝がし終えたら、腹に切り込みを入れて大きな骨や内臓を取り除いて綺麗に洗う。

肝臓だけは料理に使えるので、こちらは取っておくことにした。

火魔法で体に残っている小さな毛を焼くと、そのまま塩、胡椒、ハーブを全身に塗り込んでいき、丸ごと串刺しにした。

土台となる石を組み立てると、火魔法で火を起こして串刺しにしたホーンラビット二体を丸焼きにしていく。

周囲を警戒しながら一時間ほどじっくりと焼くと、しっかりとホーンラビットに火が通った。

綺麗なピンク色の身だったが、火に炙られて今ではすっかりと香ばしい色合いになっている。

「おお、美味そうだ」

ここがお店なら上品に切り分けて食べるところだが、ここは誰もいない夜の平原。

マナーを気にする必要はない。丸焼きになったホーンラビットにそのまま食いついた。

「う、美味え！」

表面はカリカリとしており、中はしっとりと柔らかく、もっちりとしている。

生臭さはまったくなく、サッパリとした味だ。それでいながらしっかりとした旨みが広がり、食べるのを止めることができない。

ウサギの肉は焼き過ぎてしまうと身がパサパサになってしまいがちなのだが、ホーンラビットの肉はまったくそんなことはなく鶏肉のように柔らかい。

上品さがあるが、ほんのりと血の風味がして野生の肉を食べている感じがする。

丸焼きと並行して焼いていた肝臓も、ぷにぷにとした不思議な食感ながらも濃厚な旨みが詰まっていた。

「こっちの肉の方が美味いな」

正直に言って、先ほど店で食べた白牛のステーキより何倍も美味しい。

旨みが段違いだ。

先程店で食べた白牛のステーキは一人前で一万レギンほどが飛んでしまう値段だったが、ホーンラビットの討伐依頼は五体で五百レギンほど。魔石と角を売り払っても千レギンに届くか届かないかといった程度。

それなのにホーンラビットの肉の方が美味しく感じられるとは、魔物の肉の方が食材として美味であるということだな。

それが俺だけなのか確かめるには他の人にも魔物を食べてもらうしかないのだが、気軽に試してもらうわけもいかないので確かめる術はないだろう。

少なくとも俺にとっては普通の料理よりも、魔物を調理して食べた方が美味しい。

それがわかっただけでも大きな収穫だ。

それが人として幸せなのかどうかはわからないが、冒険者として生きていく以上は不便に思うこともないだろう。

俺は特に気にすることもなく二体目のホーンラビットに手を伸ばすのだった。

5話 逃亡者

深い森の中を走りながら彼女は身を隠せそうな場所を探していた。

(奴らを振り切ることができただろうか?)

なんて希望を抱くも、すぐに彼女は頭を振って甘い考えを振り払う。

(いや、彼らはとても執念深い。一度、私を見失ったからといって諦めるとは思えない)

この身に宿った呪いがある以上、追われ続けるほどに不利になる。

(……もう魔力も心許ない)

完璧に振り切るか、腹をくくって撃退するかの道を選ぶしかない。

しかし、今の私に彼らを倒せるだろうか?

呪いのせいで今の私のステータスはかなり減少している。

正面から立ち向かっても勝てる可能性は五分といったところか。

確率を上げるためには何かしらの手段が必要となる。

脳内でグルグルと思案していると、不意に深い森を抜けてだだっ広い沼地へとたどり着いた。

沼地の奥には巨大な石造りの墓標のようなものがあり、地下へと続く階段が見えた。

自然物とは明らかに違うオブジェクトと、地下から地上へと漂う魔素を感知した彼女は、それが即座に迷宮だとわかった。

（この辺りにある迷宮といえば……瘴気迷宮ッ！）

冒険者であった彼女は長年の経験から、その迷宮が何なのかを思い出した。

迷宮全体が瘴気に覆われており、足を踏み入れるだけで瘴気に侵されてステータスが減少する。それだけでなく、あらゆる異常に体が悩まされるという厄介な特性を持つ迷宮。

対策をしなければ、まともに探索することも難しく、高ランクの冒険者でさえも毛嫌いして潜ることはほとんどない。

（私が所持している魔道具であれば、瘴気によるバッドステータスを大きく軽減できる。彼らが対策道具を持っていたとしても、私よりも大きなハンデを背負うことになる）

呪いによって拮抗してしまったステータスの差をそれで埋めることができるかもしれない。

もし、追手たちが瘴気を嫌って退散してくれれば万々歳だが、そこまで都合よくはいかないだろう。

（とにかく、ここで決着をつける）

彼女は迷うことなく瘴気迷宮に入るのであった。

6話 ポイズンフロッグとモルファスの唐揚げ

瘴気迷宮の二十五階層に足を踏み入れると、地形が石造りの通路から沼地に変化していた。

大きな地形の変化に俺は驚く。

それと同時にまた一層と漂う瘴気が強くなったように感じる。

「まあ、瘴気が強くなろうが俺には関係ないけどな」

ユニークスキルで完全に無効化できる俺にとっては意味のないことだ。

瘴気が強かろうと弱かろうと影響はない。

濃い瘴気が漂う中、俺は散歩するかのように軽い足取りで歩く。

沼地なせいか歩くだけでパシャパシャと水面を叩く音が響く。

地面がぬかるんでいる場所があるので足を取られないようにだけ注意しないといけないな。

「なんだ？　あの紫色の沼は？」

地面のぬかるみに気を付けながら歩いていると、先の道を塞ぐように毒々しい色合いをした沼地が見えた。

【鑑定】で確かめてみると、毒沼であることがわかった。

どうやらあそこに足を踏み入れただけで問答無用で毒状態になるらしい。

「うわ、えげつねえ」

だけど、俺のユニークスキルは【状態異常無効化】だ。

当然、毒状態も無効化できる。ということは、毒沼の中をそのまま突っ切ることができるんじゃないだろうか？

一応、【熱源探査】で毒沼の中に魔物がいないことを確認すると、俺はそーっと毒沼の中に足を踏み入れた。

名前：ルード
種族：人間族
状態：通常
LV45

毒沼から足を戻してステータスを確認すると、特に毒に侵されている様子はない。

体調にも異変はなかった。

「おお！　毒沼の中でも平気だ！」

どうやら俺のユニークスキルが毒をしっかりと無効化しているようだ。

こういった恩恵を確認すると、本当に地味だがユニークスキルなんだと思える。

このスキルのお陰で魔物を喰らうことができる。

強くなれた今となっては邪険にすることはないが、ちょっと複雑な気持ちだな。

瘴気が強くなり、足場も悪くなって毒沼も出現する。

これだけの変化要素を鑑みると、瘴気迷宮は二十五階層から急激に難度が上がっていくのかもしれない。

思考を整理して気を引きしめていると、前方から俺の行く手を阻むように魔物が現れた。

ポイズンフロッグ
LV30
体力：105
筋力：90
頑強：72
魔力：45
精神：55
俊敏：99
スキル：【毒液】【変温】【毒耐性（中）】【瘴気耐性（中）】

モルファス
LV32
体力：122
筋力：98
頑強：77
魔力：89
精神：84
俊敏：78
スキル：【毒の鱗粉】【麻痺の鱗粉】【毒耐性（中）】【瘴気耐性（中）】【エアルスラッシュ】

毒々しい色合いをした大きな蛙と、これまた毒々しい羽を広げた大きな蝶——いや、蛾だな。

どちらも毒を使った攻撃が得意らしく、状態異常にする攻撃スキルを所持しているようだ。

滞空しているモルファスが翼をはためかせて風の刃を飛ばしてくる。

「ゲゴッ！」

ステップで回避すると、今度はポイズンフロッグたちが口を開けて毒液を吐いてくる。

いやらしいのが、敢えて毒液を回避できるように毒沼の所だけ空けているところだ。

毒液にかかって毒状態になるか、毒沼に足を踏み入れることによる毒状態になる。

どちらにせよこちらは毒状態となり、魔物たちが有利となる。

打開する手段はいくつもあったが、俺は油断を誘うために敢えて魔物の目論見に乗ってやることにした。

とはいえ、【状態異常無効化】で毒を無効化できるとはいえ、ドロドロとした液体を被りたいとは思わない。必然的に毒沼に足を踏み入れる形での回避を選択する。

「ゲゴゲゴッ！」

自分たちの目論見通りになったことが嬉しいのか、ポイズンフロッグが嬉しそうな声を出した。

ポイズンフロッグたちは俺を取り囲むように着地すると、それぞれが長い舌を伸ばして手足を絡め取ってくる。

抗っていますという程度の反抗を見せると、舌がさらにギュッと巻き付いてきた。

伸縮した舌は意外と力がこもっており、一般人が拘束から抜け出すのは困難だろう。

拘束された俺の姿を見て、モルファスが悠々と近づいてきて黄色い鱗粉を浴びせてくる。

ポイズンフロッグが毒沼へと相手を追い込み、拘束したところでモルファスによる麻痺の鱗粉。

なんという凶悪な魔物の取り合わせだろうか。

一般的な冒険者であれば、このコンボで詰みになっているだろう。

だが、残念ながら俺には【状態異常無効化】がある。他の冒険者には通用する即死コンボでも俺には無意味だ。

「【纏雷】」

己の中にあるスキルを発動させると、俺の身体から雷が発生。

帯電した雷は俺の手足に巻き付いている舌からポイズンフロッグ本体へと伝わる。

「ゲゴオオッ!?」

濁った声を上げげたポイズンフロッグは体を焼き焦がされて毒沼に倒れ伏した。

それに伴い俺の手足を拘束していた舌がするりと落ちていく。

このスキルは奈落にいたサンダーウルフを喰らって獲得したスキルだ。

発動すれば、相手を寄せ付けることのない雷を纏うことができる。

麻痺の鱗粉を浴びせたのにピンピンとしている俺にモルファスは驚きながら慌てて距離を取ろうとするが、既にそこは俺の大剣の範囲内。

雷を大剣に纏わせると、そのまま跳躍してモルファスの頭を横薙ぎに両断した。

「相手が悪かったな」

俺がこのユニークスキルを持っていなければ苦労していたかもしれないが、現実はこんなもの。

状態異常攻撃に特化している魔物は俺にとってはカモだった。

スキルで周囲を索敵して他に魔物が現れる気配がないことを確認した俺は、毒沼に入って討伐したポイズンフロッグとモルファスを解体する。

「……俺のユニークスキルなら、こいつらも一応喰えるってことだよな？」

毒や麻痺のスキルを宿している魔物なんて普通は食べようとも思えないが、俺には【状態異常無効化】がある。

つまり、毒や麻痺の元になるものを体内に取り込んでも問題はないわけだ。

一般的な料理でも毒となるものは専門の料理人が処理し、提供されることだってある。それと変わらないだろう。

そんなわけで俺はポイズンフロッグとモルファスも喰べることにした。

「唐揚げにするか」

二体で別々の調理をするのも面倒なので、どちらも同じ食べ方でいいだろう。

いつものように火を起こすと、大きな鍋にたっぷりの油を入れて加熱。

油を温めている間にポイズンフロッグの下処理だ。

遺骸の中でもあまり体が焼け焦げていない綺麗なものを選別し、すぐに締める。

締め終わると首からナイフを入れ、体内にある内臓を取り除いていく。

その中に見慣れない紫色の袋のようなものが入っており、覗いてみると毒液が詰まっていた。

無効化できるとはいえ、毒をそのまま食べる趣味はないのでこちらも捨ててしまう。

ナイフで切れ目を入れて毒々しい皮を剝いでしまうと、綺麗なピンク色の身が露出した。

味付けへと移る前に俺はポイズンフロッグの大腿二頭筋の筋と、アキレス腱を切っておく。

油で揚げることによって筋肉が収縮し、脚がピンと伸びてしまうと鍋に収まらない可能性がある
からだ。

筋と腱を切り終わると、ポイズンフロッグをボウルに入れる。

それから塩、胡椒、片栗粉を入れて手で混ぜる。

ポイズンフロッグの下処理を終えると、次はモルファスだ。

羽が広がっていると大きく見えるが、胴体はそれほど大きくない。

とはいっても、一般的な蝶や蛾と比べると遥かに大きいのだが、十分鍋に収まる範疇だな。

「……一旦、羽は落とすか」

羽があると鍋に収まらない。

モルファスの羽を摑んで引っ張ると、ブチブチッという音がして胴体から外れた。

遠目に見た際は、毒々しい色合いだと思ったが、広げてじっくりと模様を観察してみると綺麗だ。

「意外と綺麗だな」

不気味なほどに整った二枚の羽の色合いは、芸術品のようである。

そのまま持って帰って部屋にでも飾ってしまいたい綺麗さだが、鑑賞することよりも羽を食べる欲求が勝ったので手ではたいて鱗粉を落としていく。

俺のようなユニークスキルを持っていない人は絶対に真似しないように。

モルファスの羽を下処理すると、次は胴体に生えている毛を抜いていく。

そのままでも食べられるだろうが、さすがにフサフサとした毛があると食べ難いだろうしな。

すべての毛を毟り終えると、丸々としたモルファスの胴体が露出した。

こうして胴体だけを見ると、芋虫のようだ。まあ、芋虫から成長して成虫になるので基本構造が蝶や蛾に近いのは当然なのだろう。

筋肉が多いのか触るとぷにぷにとしている。意外と気持ちがいい。

ポイズンフロッグと同じように塩、胡椒で味付けをして片栗粉を纏わせる。

「よし、揚げていくか」

下処理が済むと、ポイズンフロッグとモルファスを熱せられた油に投入。

ジュワアアアッと油が弾ける。

どちらもサイズがデカいせいかひっくり返すのが大変だ。

なんとか鍋の中で転がしながらもじっくりと両方に火を通していく。

しばらくすると弾ける油の量が少なくなり、纏っている衣が良い感じの色合いになってきた。

十分に加熱されたと判断した俺は油の中からポイズンフロッグとモルファスを引き上げた。

皿には載り切らないために木板を取り出して、二体の魔物を鎮座させた。

見た目のインパクトが半端ない。

「まずはポイズンフロッグから喰うか」

ポイズンフロッグを持ち上げると、ぷりぷりとしたモモ肉に齧り付いた。

「あつっ……！　だけど、うめえ！」

表面の衣はパリッとしており、中にある身はとても柔らかくてジューシーだ。

しっかりと加熱したために臭みはまったくない。

普通の蛙は鶏肉をさっぱりとさせたような感じだが、ポイズンフロッグの肉は鶏肉を遥かに超えるほどの旨みだ。

胸元や腕回りの肉はモモに比べると、柔らかくてあっさりとしていた。

これはこれでいいが、やっぱり美味いのは全体的に脚だな。

特に発達している部位だからかモモ肉は弾力がある上に、ひと際旨みも強いように感じられる。

やっぱり、普通の動物よりも魔物の方が美味いな。

「……麦酒が欲しくなる」

ユニークスキルがあるので酒で酔うことはないが、それでも迷宮探索中に飲むというのは不純なようで躊躇われた。

罪悪感のある中で飲んでも美味しくないだろうし、お酒と一緒に食べるのは今度でいいだろう。

今は食べることに集中しよう。

ポイズンフロッグの唐揚げを食べ終わると、次はモルファスの唐揚げだ。

丸ごと食べるには食べづらいのでナイフで切り分けて、食べてみる。

衣だけでなく中までサクサクだ。

そして、食べた瞬間に鼻孔を突き抜ける独特な風味。

三葉やセロリのような爽やかな風味をしており、どこかほろ苦く酸っぱく感じる。

「……こっちは独特な味だな」

胸部から腹部へと移行して食べると、こちらは身が詰まっており、若干のクリーミーさがあるように感じた。

ジューシーな肉料理を食べ終わった後なので、これはこれでアリだろう。

口の中がスッキリとした。

追加で羽を揚げて食べてみると、パリパリとした食感が心地いい。

「あっ、羽の方がうめえかも」

本体に似てふんわりと三葉のような味はするが、苦さや酸味といったものはない。

塩、胡椒を振りかけて食べると、ちょうどいいお酒のつまみになる。

まあ、今はお酒を飲めないんだけどな。

「ふう、食った食った」

名前：ルード
種族：人間族
状態：通常
LV47
体力：239
筋力：199
頑強：161
魔力：148
精神：123
俊敏：148
ユニークスキル：【状態異常無効化】
スキル：【剣術】【体術】【咆哮】【戦斧術】【筋力強化（中）】【吸血】【音波感知】【熱源探査】【麻痺吐息】【操糸】【槍術】【隠密】【硬身】【棘皮】【強胃袋】【健康体】【威圧】【暗視】【敏捷強化（小）】【頑強強化（小）】【打撃耐性（小）】【気配遮断】【火炎】【火耐性（大）】【大剣術】【棍棒術】【纏雷】【遠見】【鑑定】【片手剣術】【指揮】【盾術】【肩代わり】【瘴気耐性（中）】【瞬歩】【毒液】【変温】【毒耐性（中）】【毒の鱗粉】【麻痺の鱗粉】【エアルスラッシュ】
属性魔法：【火属性】

ステータスを確認してみると、無事にスキルを獲得することができていた。

いよいよ俺も状態異常を無効化するだけでなく、状態異常攻撃ができるようになったらしい。

ちょっと【毒液】を試してみたい気持ちはあるが、料理を食べた後に使いたいスキルじゃないな。

残りの状態異常攻撃に関しても、相手がいなければ効果のほどを確かめる術はないので、戦闘の時に確かめるしかないだろう。

【変温】に関しては体温を調節するスキルなので、今は使っても意味はないだろう。

残りの【エアルスラッシュ】はモルファスが繰り出した風の刃だろうか。

「【エアルスラッシュ】」

本能に従って右手をかざすと、風の力が収束して刃となって放たれた。

射出された風の刃は沼地に鎮座している大きな岩に裂傷を刻んだ。

「おー、風魔法みたいだ！」

風属性の魔法には風刃《ウインドスラッシュ》という風の刃を射出するものがある。

モルファスのスキルはそれに似ていた。

なんだか自分が風魔法を使えるようになったみたいで嬉しいものだ。

俺には火属性魔法の素養こそあるものの、使えるのは生活で使用する程度の火力。

大規模な火魔法で魔物を殲滅できるような知識も力もないので戦闘で使うことはできない。

なので、魔法を生かして戦闘をすることは無理だと諦めていたので、こうやって魔法のような遠距離攻撃スキルが得られるのはとても嬉しかった。

「俺はまだまだ強くなれる」

調理道具を片付けると、俺は瘴気迷宮のさらに深い階層へ潜っていくのだった。

7話 ✕ 瘴気迷宮での争い

二十八階層の沼エリアを進んでいると、前方から声のようなものが聞こえた。

迷宮の中にいれば魔物の遠吠えや、唸り声などはよく耳にするものだが、今耳に入ったものは明らかに人の声だった。

「俺以外に冒険者が潜っているのか？」

俺みたいなユニークスキルで完全に無効化できない限り、常時バッドステータスになる瘴気迷宮に？

自分で言うのもなんだが、こんな迷宮に潜っているのはかなりの変わり者に違いない。

自分以外にどのような冒険者が潜っているのだろう。

もし、冒険者がいるのなら単純に話してみたいし、ついでに言えば情報交換なんかもしてみたかった。

このユニークスキルのお陰で俺は他の冒険者よりも階層の隅々を探索できている自信がある。

きっと有益な情報交換ができるはずだ。

そんな淡い期待を込めて声のする方へと近づいていくと、聞こえてくる声や音が物騒なものに変わった。

互いを罵る怒号のような声と甲高い剣戟音、それと爆発音が聞こえた。

魔物を相手に共闘しているような声ではないのは確かだとわかる。

「もしかして、冒険者同士で争っているのか？」

迷宮の奥に潜れるような冒険者だと互いに争うようなことは滅多にないが、稀少な魔物やお宝を狙って争いごとに発展するというケースは稀にある。

だとしたら関わり合いになるのなんて真っ平ごめんだった。

回れ右をして迂回したいところであるが、【音波感知】で索敵してみたところ争っているエリアを抜けないことには前に進めないようだった。

ここまで来て引き返すというのもつまらない。

「少しだけ様子を見るか……」

先に進むにしろ、撤退するにしろ何が起こっているか情報を拾っておくに越したことはない。

同じ迷宮に潜っていたからといって争いに巻きこまれては堪らないからな。

ため息を吐きながら俺は【隠密】を発動して、こっそりと近づいていく。

毒沼にある岩場に身を隠しながら様子を窺うと、黒いローブに身を包んだ四人の男が、緑色のローブを羽織った魔法使いを襲っていた。

なんだかこの時点で既にきな臭い。

獲物や宝を巡った冒険者同士の争いかと思ったが、どうもそのようには見えない。

黒ローブは集団だが、緑ローブの方は明らかに一人だ。

多人数の有利さを盾にした迷宮犯罪だろうか？　なんにせよ穏やかな雰囲気ではない。

ジッと見守っていると、戦況に変化が起きた。

魔力切れなのか魔法使いの膝から力が抜けてしまったのである。

それを好機と捉えた男たちは剣を構えて一斉に詰め寄っていく。

魔法使いは膝立ちになりながらも詠唱し、杖から光弾のようなものを放った。

それは真っすぐに飛んでいったかと思うと、途中で分裂して剣士たちに襲いかかる。

三人の剣士はもろに直撃して吹き飛んでしまったが、一人の剣士は身をよじって回避することに成功し、そのまま接近して魔法使いの肩を切り裂いた。

魔法使いの肩から飛び散る鮮血。

後ろに倒れた拍子に魔法使いのフードが捲れて、顔が露わになる。

黒いローブの集団と対峙していたのは女性だった。

金色の髪にエメラルドのような瞳。

そして、なにより特徴的なのは尖った葉っぱのような形をした長い耳だ。

——エルフ族。

森の奥地や樹海といった自然の中で暮らしていることの多い種族で、人間族の住んでいる区域には滅多に出てこない。

人間族を遥かに超える寿命と卓越した魔法の才能なども特徴的だが、特に注目されているのはその美しい容姿だ。

特に女性のエルフはその最たるもので、こんな風に徒党を組んで襲われる事件については枚挙に暇がないほどに。

「リーダー。俺、我慢できねえよ。ここでいいからやっちまおうぜ？」

「おいおい、迷宮の中でやるっていうのか？　やるならしっかりとコンディションを整えてからだろう」

「バカを言うな。こういうのは初物だからこそ高く売れる。自分たちで利益を下げてどうする」

「けどよお、長い間ずっとコイツのケツを追いかけてきたんだぜ？　もういい加減我慢できねえよ」

「一時の快楽に流されるな。大金が手に入れば、思う存分に美女が抱ける」

「つっても、これほどの質の女はなかなかいねえぜ？」

現に男たちもエルフの使い道について語っている。

自分たちで楽しむだの、手を付けずにオークションで売りとばした方が高く売れるだの。

実に下種な思考だ。もはや、冒険者同士の諍いといった線は皆無だろう。

……どうするべきか。

面倒事に巻き込まれないようにするには無視をするのが一番だ。

しかし、どうも一方的過ぎて見ていられない。

このまま目の前でエルフが慰み者になるのを見守るのか、それとも連れ去られていく様子を黙って見送るのか。

どちらにせよいい気分にはならなそうだ。

放置したら今日のことを一生思い出して後悔してしまうかもしれない。

「女が襲われてるのを黙って見逃すなんて男じゃねえよな」

こんな場面を見過ごすような奴が、Sランク冒険者になって誰かを守るなんてことができるはずがないだろう。

そのまま岩陰から出て近づいていくと、男たちの中に感知系のスキル持ちがいたのかサッと振り返った。

それと同時に残りの三人も振り返って、武器を手にしながら警戒の様子を見せる。

「……何者だ？」

目に傷のある精悍な顔つきをした男がこちらを見据えながら尋ねた。

「冒険者だ」

残りの三人の顔も確認してみるが、バロナの冒険者ギルドではまったく見たことのない顔だった。

雰囲気的に流れの冒険者にも見えない。裏社会のロクでもない奴等か、どこかの誰かに雇われた傭兵といったところだろう。

「そっちは冒険者に見えねえが、こんな迷宮の奥で女エルフ相手になにしようとしてるんだ？」

「…………」

「逃げて！　こいつらは『冒険者狩り』よ！　いくらこの階層に一人でやってこられるあなたでも

分が悪いわ！」

俺の問いかけに傷の男は答えない。代わりに口を開いたのは肩から血を流しているエルフだった。

冒険者狩りという呼び名は俺も耳にしたことがある。

名の売れた冒険者を狩ることで生計を立てている傭兵たちのことだ。

高ランクの冒険者にもなれば、競合相手である冒険者からやっかみを受けたり、思わぬところで恨みを買ってしまったりする。冒険者狩りはそういった者たちから依頼を受けて、高ランクの冒険者を専門に暗殺を遂行するのだ。

まさか、こんなところで冒険者狩りに遭遇するとは思ってもみなかった。

名前：ファルザス
種族：人間族
状態：瘴気状態
LV65
体力：――32
筋力：2――
頑強：2――1
魔力：18――7
精神：1――67
俊敏：27――
スキル：――
属性魔法：――

傷の男を【鑑定】してみると、ステータス表記が一部しか表示されなかった。

しっかりとわかるのは名前、種族、状態、レベルのみ。

これは恐らく【鑑定】を妨害する【隠蔽】というスキルのレベルが高いか、専用の対策魔道具を見に着けているのだろう。

他の男たちにも【鑑定】をかけてみると、同じようにすべてのステータスが読み取れなかったので後者の確率が高い。

とにかく、わかったのは全員が今の俺よりも高いレベルということだけだ。

これはマズいかもしれない。

「どうする、リーダー?」

「……殺せ」

軽薄そうな男が尋ねると、傷の男は一切の迷いを見せることなく言った。

無感動なその目つきは人を殺すことに何の躊躇いも持っていない証拠である。

「ヒヒッ！　まあ、そういうわけだから大人しく死んでくれや！」

軽薄そうな顔をした男が剣を手にして接近してくる。

今まで対峙してきた冒険者の中では一番に速い。が、奈落にいた化け物ほどではない。

しっかりと動きを視認し、背中から引き抜いた大剣で受け止めた。

筋力値は相手の方が僅かに高いからか少し押し込まれる。

が、それだけだ。俺の身体と大剣には傷一ついちゃいない。

「ああ？　なんで死んでねえんだよ？」

攻撃を受け止められたのが不満なのか、軽薄な男は不快そうに眉をよせた。

「お前が弱いからじゃねえか？」

「小汚ねえおっさんの癖に粋がるんじゃねえよ！」

挑発してやると見事に逆上した男が力を込めて剣を押し込んでくる。

「ぐっ!?」

「ヒャハハハ！　そのまま頭を割られて死んじまえ！」

「【毒液】」

俺は相手の嗜虐心をそそるような演技をしながら、大きく口を開けてスキルを発動させた。

体内で生成された毒液が目の前にいる男にかかる。

完全に油断していた相手は躱すことができない。

「ぎゃあああああああああああッ！　俺の目があああああああッ!!」

目、鼻、口といった粘膜から侵入する毒の痛みは想像を絶するだろう。

絶叫して大きな隙を晒している間に、俺は思いっきり大剣を横に薙いで男の首を飛ばした。

冒険者らしくない卑怯な戦い方で悪いな。

だが相手は俺よりもレベルが上なんだ。なりふり構っている場合じゃない。

「ザリュース!?」

「あいつよくも……ッ！」

「……落ち着け」

「けどよお！」

「あんななりだがこの階層まで一人で探索にきている高レベルの冒険者だ。甘く見るな」

「あ、ああ。そうだった」

「……悪い。熱くなった」

仲間の一人がやられたことで怒りのままに突っ込んでこようとした二人だが、ファルザスという傷の男に制されて冷静になる。

ちっ、そのまま舐め切ってもらって各個撃破できたら楽だったのにな。

「しかし、さっきのスキルはなんだったんだ？」

「ポイズンフロッグみたいな毒を吐いたぞ？」

「バカを言うな。人間が魔物のスキルを使えるかよ」

正解だ。さっきのポイズンフロッグを喰らったことで獲得したスキルだ。

「ユニークスキルを所持している可能性がある。三人で殺るぞ」

ファルザスの言葉に二人の仲間が真剣な顔をしながら頷いた。

その瞳に侮りや油断といったものはない。完全に敵を仕留めにいく狩人の目だ。

さっきの男は完全に油断していたのであっさりと仕留めることができたが、残りの三人はそうはいかなそうだ。

男たちが剣を手にしてジリジリと寄ってくる。

細身の男が素早く切り込んでくるのを躱すと、もう一人の茶髪の男が後ろから剣を振りかぶるのが見えたので身体を投げ出すように転がって回避。

慌てて体勢を整えようとしたが、既に目の前にはファルザスがいた。

目の前に迫ってくる足を避けることができないと判断した俺は、咄嗟に【硬身】を発動。

「ぐっ！」

激しい衝撃が脳を揺さぶる。

危うく意識が遠のきそうになるが、意識を総動員して気絶は免れた。

蹴り飛ばされた俺は沼地をゴロゴロと転がるが、すぐに立ち上がって大剣を構え直す。

「……硬いな。今ので殺れたと思ったんだが……」

感触を確かめるようにトントンと地面を足で突くファルザス。

【硬身】を使わずにまともに受けていたら間違いなく首の骨が折れていた。

やはり、あのファルザスという男は三人の中で一番レベルが高いだけあって、ステータスもかなりのもののようだ。

「頑強が高いのか、はたまた何かの防御系スキルか……ステータスはそれなりにあるようだが、所詮対人戦闘は素人に毛が生えた程度に過ぎないな」

そりゃそうだ。こちとら魔物退治が専門の冒険者だ。

対人戦闘の訓練もそれなりに積んではいるが、こいつらのように専門としているわけではない。

戦闘技術で劣ってしまうのも当然だった。

大剣を構えると、再びファルザスたちがにじり寄ってくる。

囲まれてしまえば、俺の技量では捌き切ることができず、先ほどのように一撃を貰ってしまう。

斬りかかってきた細身の男の剣を弾くと、俺はすぐに囲まれないように動き回る。

「バカが！　そっちは毒沼だぜ？」

細身の男の嘲笑する声が響き渡るが、ユニークスキルで無効化できる俺にはまったく問題はなかった。遠慮なく毒沼に足を踏み入れてやる。

「どうした？　かかってこいよ？」

「ああ？　誰がわざわざ毒沼に入るってんだよ？　毒で死にたいなら一人で死んでおけ」

「わざわざ俺たちが手を下すまでもないな」

どんなに高い耐性スキルを持っていようと無効化できない以上は、その身を毒が蝕むこととなる。

つまり、ファルザスたちは俺が毒沼から出ないように包囲するだけでいい。

しかし、それは俺のユニークスキルがなければの話だ。

一見ただの膠着状態のようだが、こちらにとって希望はある。

それは相手が完全に瘴気を無効化できていないことだ。

瘴気が無効化できていなければ、ジリジリとステータスはダウンし、体調も悪化していく。

つまり、今の状態では相手の方がステータスは上でも、時間が経過するにつれて勝手に下がってくれるわけだ。

相手が毒沼に入ってこない以上、俺はこうやって待っているだけでいい。

それだけで相手が勝手に弱ってくれる。

「……あいつ、いつまで毒沼にいるんだよ」

毒沼に入ったまま三分ほどにらみ合っていると、細身の男が痺れを切らしたのかイラついたように言う。

「【毒耐性（大）】でも持ってやがるのか？　まったく顔色に変化がないぞ」

「どれだけ耐性があろうと完全に無効化できない以上、自分の首を絞めているのはあいつの方だ」

そのままさらに五分ほど待ってみると、瘴気の影響か俺よりも先にファルザスたちの体調に変化が起き始めた。

「くそっ！　頭痛てえし、気持ち悪い！　瘴気うぜえ！」

「我慢しろ」

三人とも顔色が見るからに悪くなり、額から冷や汗を流している。

強い瘴気を体内に取り込み続けた故の中度の瘴気状態だった。

【鑑定】を発動してみると、相変わらずステータスの詳細な数値は読み取れないが、しっかりと数値は変動している。瘴気状態によるステータスダウンが進行してくれているらしい。

「……おかしい。なぜお前は瘴気と毒に侵されて平然としている？」

そのままさらに五分ほど経過し、それでも平然としている俺を目にしてさすがにファルザスも違和感を抱いたようだ。

「俺はユニークスキル【状態異常無効化】を持っている。だから、俺に瘴気や毒といった状態異常は意味を成さない」

「――ッ!?　毒沼に入って、すぐに殺すぞ！」

「え？　なんでだ？」

「あいつだけが瘴気を無効化できている。このまま時間をかければ、俺たちのステータスは下がる一方で不利になる！」

「くそ！　そういうことかよ！　卑怯なことしやがって！」

俺が種明かしをしてやると、ファルザスたちが毒沼に足を踏み入れてきた。

細身の男が正面から剣を振りかぶってくるのを大剣で正面から受け止める。

先程は力で押し込まれてしまったが、今回はまったく力負けすることはなかった。

「く、くそ！」

今度は逆にこちらが力で押し込んでやると、細身の男は徐々に体勢を崩していく。

すると仲間をカバーするために茶髪の男が横から攻撃を仕掛けてくる。

胴体を薙ぎ払うかのような一撃に俺は回避することなくスキルを発動。

「【硬身】」

次の瞬間、カキンッと甲高い音を響かせて、俺の胴体が鋼鉄の剣を受け止めた。

ステータスが下がっている今なら攻撃も受け止め切れると思っていた。

「はぁっ!?」

まさか大剣ではなく身体で受け止められるとは思っていなかったのか、茶髪の男が驚愕の声を上げた。

「【纏雷】」

相手が動揺している隙に俺はさらなるスキルを発動。

バチバチと激しい音を立てて雷が俺の身体を覆い、武器と身体を通じて密着している二人の男に雷を流してやった。

「ぐ、がががががががっ!?」

「あがががががっ！」

ガクガクと身を震わせると、細身の男はそのまま白目を剥いて倒れた。

茶髪の男はすぐに剣を離したせいで気絶を免れたが、負傷により大きな隙を晒している。

このまま止めといきたかったがファルザスが控えているので、右手をかざしてスキルを発動。

「【エアルスラッシュ】」

右手に収束した風の刃は、負傷した茶髪の男の胴体を綺麗に斬り飛ばした。

これで残りはファルザスだけだ。

「ポイズンフロッグ、アーマーベアー、サンダーウルフ、モルファスのスキルだと!?　なぜ人間が魔物のスキルを扱える!?」

「さあな、それをお前に教えてやる義理はねえ」

問いかけに適当にはぐらかすと、俺は地面を蹴ってファルザスに斬り込んだ。

仲間がいない以上、囲まれないようにだとか小難しいことを考える必要はない。

自分の本能のままに大剣を振るっていく。

ファルザスはその技量を以てなんとか躱そうとするが、身体が思うように動かないのかその身に着々と傷が刻まれることになる。

傷を負ったことで体勢を崩してしまったファルザスは反射的に俺の大剣を受け流そうとする。

だが、今の俺にとっては刃が密接するだけで十分だ。

身体に纏った雷を大剣からファルザスの剣へと流した。

「くがががっ！」

しかし、ファルザスの胸元にあるネックレスが光り輝くと、俺の流した雷を霧散させた。

雷攻撃を防ぐ魔道具だろう。

「おおおおおおおっ！」

俺が驚く中、ファルザスが猛然と斬りかかってくる。

自己強化系のスキルを使用しているのか、ファルザスの動きが速くなる。

が、今となってはもう遅い。

元になるステータスがダウンしきった状態からブーストしたとしてもたかが知れていた。

今となってはファルザスの挙動や剣の動きを見極めるのはとても簡単で、対人戦闘が得意とはいえない俺でも容易に躱し、弾き、受け流すことが可能だった。

状況の悪さに焦りが生まれているのもあるだろうが、中度の瘴気状態になっている上に毒にまで身体を蝕まれている。

ファルザスが俺に勝てる道理はない。

大振りとなった相手の剣を弾き飛ばすと、無防備になったファルザスの首をはねた。


ファルザスたちを倒して一息つくと、エルフが杖を手にしながらこちらに歩み寄ってきた。

「色々と聞きたいことはあるけど、まずは助けてくれたことにお礼を言うわ。ありがとう」

「いや、気にするな。俺がやりたくてやったことだしな。それより身体は大丈夫か？」

「ええ、なんとか歩ける程度には」

先程は歩くことすらできなかったようだが、俺が戦っている間にある程度は体力と魔力が回復したようだ。

それでも迷宮に漂う瘴気は無効化できておらず、魔力も少ししかないせいで辛そうだ。

「ポーションはあるか？」

「マジックバッグはあるんだけど、あいつらにずっと追われていたせいで補給ができなくて」

「ならポーションを渡そう」

「本当!?　助かるわ！　でも、お金はないから魔石で支払っていい？」

「それでいい」

頷いて魔力回復ポーションを渡すと、彼女は大きな魔石を渡してきた。

「おい、これ明らかにポーションよりも高いぞ？」

籠っている魔力も多く、サイズもかなり大きい。

俺が買ったポーションの値段よりも遥かに高い。とても等価交換とはいえないだろう。

「助けてくれたお礼も兼ねているから」

「持ち金がなくて困っているんじゃないのか？」

「大丈夫。逃げながらも魔物は倒して魔石だけはたくさんあるから」

ジャラジャラと良質な魔石を取り出して見せてくるエルフ。

貨幣がないだけでお金になるものは大量にあるようだ。

それなら無理に遠慮することもないか。彼女の気持ちを受け取っておくことにする。

「ハイヒール」

エルフの女性は瓶に入った青色のポーションを口にすると、すぐに魔法を唱えた。

彼女の身体を翡翠色の光が包み込み、身体にあったいくつもの傷が癒えていく。

回復魔法はかなり高等な魔法だと聞いていたが、それを簡単に使えるとはさすがは魔法適性の高いエルフだ。

「事情を話したいのだけど場所が場所だから、ひとまずは外に出るっていうのはどうかしら？」

「わかった。そうしよう」

俺は瘴気を完全に無効化できるが、このエルフはそうはいかないだろう。

落ち着いて話すには向かないこともあり、ひとまずこの迷宮を出ることにした。

「その前にあれの処理をしておくわね。迷宮に取り込まれてアンデッド化する可能性もあるし」

エルフはそう言うと、ファルザスたちの遺体へ近づく。

ごくまれに死亡した人間が魔素の影響を受けてアンデッド化することがある。

特に魔素に満ちている迷宮などでは確率も高く、余計な二次被害を起こさないためにも処理をする必要があるのだ。

エルフはぶつぶつと詠唱をすると、魔法で遺体に火を放った。

……人間を喰らえば、魔物と同じようにスキルが手に入るのだろうか？

という思考がふとチラついたが、さすがに同じ人間を食べるというのには嫌悪感が湧いた。

スキルは魔物を喰らった時だけに獲得できるものだろう。

仮に人間を喰らった時にもスキルが獲得できるとしても、そこだけは人として踏み込んではいけない領域だと思った。

「どうしたの？」

「なんでもない。早く外に出よう」

怪訝な顔をしてくるエルフの問いに曖昧な返事をしながら階層を引き返した。

「やっぱり瘴気がない場所っていうのは気持ちがいいわね！」

「そうだな」

瘴気迷宮の外に出ると、エルフが新鮮な空気を取り込むように大きく深呼吸しながら言った。

ユニークスキルのお陰で瘴気が平気とはいえ、不快なことに変わりはないので同意するように頷いた。

「さて、事情を説明する前に自己紹介をするわね。私はエリシア。今は活動していないけど、元冒険者よ」

「……もしかして、翠嵐のエリシアか？」

「あはは、私のこと知ってるんだ」

思い当たる名前を挙げてみると、目の前のエルフが気恥ずかしそうに頰を指で掻いた。

「ルディアス王国でも有名なSランクパーティー『蒼穹の軌跡』に所属する冒険者だ。知らねえ奴はいないだろう」

「まあ、それは昔の話なんだけどね……」

なんて言ってみると、エリシアの表情が若干暗いものになる。

五年前にエリシアのパーティーは突如として解散した。

数々の高難易度迷宮を踏破して財宝を持ち帰ったり、Sランクの魔物を討伐して街を救ったりと冒険者ならば誰もが憧れるような活躍をしていたパーティーなだけに解散の知らせは大きな話題となっていた。

「すまん。あまり言わない方がいい話題だったな」

「いいえ、どちらにせよ今回のことに関係のあることだったから気にしないで」

「冒険者狩りに追われていたことと関係するのか？」

「ええ」

こくりと頷くと、エリシアはゆっくりと語り出す。

「五年前、私たちがパーティーを解散することになったのは難易度Sの深淵迷宮の最深部に待ち受ける魔物を相手に半壊したからよ」

高難易度迷宮の踏破に挑んだ後に解散したことから、なんとなくそうではないかと推測していた。

深淵迷宮の最深部に巣食う化け物というのは、Sランク冒険者がパーティーを組んでも倒せない化け物らしい。頂上の世界過ぎてまったくイメージができない。

「半壊ってことは全滅したってわけじゃなかったんだな」

「ええ。だけど、リーダーが戦闘で死んじゃって、もう一人はその時の負傷で引退を余儀なくされ、もう一人は迷宮に取り込まれてしまった。全滅ではないけど壊滅したとはいえるわね」

自嘲するような笑みを浮かべてエリシアが吐露する。

確かに残っているのが一人だけとなってしまっては、パーティーとしては機能しない。

文字通り、彼女のパーティーは深淵迷宮で壊滅したようだ。

「今の話を聞いて気になるところがある」

「なにかしら？」

「どうしてSランク冒険者であるエリシアが、さっきの奴等に追い詰められていたんだ？」

ファルザスたちは、かなりレベルも高い上に対人戦闘の技術も高く強かった。

俺が勝てたのは戦った場所が相手のステータスを減衰させる瘴気迷宮の中だったという要因が大きい。それがなければ、いくら魔物のスキルを宿していた俺でもファルザスたちには勝てなかっただろう。そう思えるくらいの強さであったが、それは俺レベルでの話だ。

いくら一人とはいえ、Sランク冒険者であるエリシアであるならば、ファルザスたちを撃退することなど朝飯前だと思うのだが……。

「それは私が深淵の魔物に呪いをかけられたからよ」

「呪い？」

首を傾げると、エリシアは突如胸元をはだけさせた。

「ちょっ、急になに出してんだ！　痴女かよ！」

「違うわよ！　ここに呪いの痣があるんだってば！」

慌てて視線を逸らそうとすると、エリシアが顔を真っ赤にしながら叫ぶ。

おそるおそる視線を戻すと、エリシアの胸の中央には紫色の痣のようなものが広がっていた。

それは毒々しく、エリシアの身体を蝕んでいるような不気味さがある。

「……いつまで見てるのよ」

「すまん」

綺麗な膨らみをした胸元に少し視線が吸い寄せられたのは事実なので素直に謝った。

「ちなみにこれはどんな呪いなんだ？」

「……レベルがダウンする呪いよ」

8話 深淵迷宮の呪い

「レベルがダウンする呪いだって？　そんな呪いは聞いたことがないんだが……」

通常の呪い状態とは、軽微なものであれば体調不良などで済むが、凶悪なものになると呪いをかけたものに攻撃をしただけでダメージが跳ね返ってきたり、各防御耐性が下がってしまうことなどもある。

厄介な状態異常攻撃の一つであるが、レベルがダウンするなんて悪質な呪いは聞いたことがない。

「私もこんな呪いを受けたのは初めてよ」

「ちなみにレベルが下がるとどうなるんだ？」

「レベルアップはなかったことにされてステータスの数値が下がるわ」

「だからファルザスたちに苦戦していたのか」

ステータスはその者の根源的な強さを表す。

いくらSランク冒険者であるエリシアでもステータスの数値で負けていればファルザスたちに負けてしまうだろう。

「ええ、あいつら私が弱くなったことを知って売り飛ばそうとしていたみたい。本当に下種だわ」

吐き捨てるように言うエリシア。

あいつらのせいで長い間逃亡生活を強いられていただけに毒づいてしまうのも仕方がない。

「ちょっと【鑑定】でステータスを確認してみてもいいか？」

「構わないわ」

名前：エリシア
種族：エルフ族
状態：呪い状態（レベルダウン中）
LV43
体力：212
筋力：126
頑強：134
魔力：358
精神：322
俊敏：146
ユニークスキル：【精霊魔法】
スキル：【杖術】【体術】【弓術】【魔力操作】【魔力消費軽減（大）】【遠視】【隠密】【瘴気耐性（小）】【演奏】【詠唱破棄】【対話】【採取】【細工】【調合】
属性魔法：【火属性】【水属性】【氷属性】【風属性】【土属性】【光属性】【雷】

許可を貰って【鑑定】をかけてみると、エリシアのステータスが視界に表示された。

「うん？　これでレベルが下がっているのか？」

俺とレベルがほとんど変わらないし、突出した数値については普通に負けているんだが……。

「ええ、全盛期の三分の一以下下よ」

となるとSランク冒険者時代は少なくともレベル100は越えていたというわけか。

当たり前のようにユニークスキルを持っているし、属性魔法も闇魔法以外はすべて使える。

じっくりとステータスを見ると、エルフ族って反則だなと思う。

まあ、そんな俺の僻みは置いておくとして、エリシアは確かに呪いの状態異常にかかっているようだ。

「聖職者やスキルによる浄化はできなかったのか？」

「あらゆる伝手を使って頼んでみたけど無駄だったわ。できたのは精々レベルダウンの速度を鈍化させるくらいのものよ」

「となると、残っている手段は深淵の魔物を倒すくらいか」

呪いを解くには、高位の光魔法を操る聖職者に浄化してもらうか、スキルによって解呪してもらうのが一般的だが、場合によっては呪いをかけた術者を倒すことで解呪する方法もある。

Sランク冒険者が手を尽くしてダメだったのだから、今回の呪いは後者が解呪の糸口になる可能性が高い。

「それは無理よ。全盛期の私とその仲間がいても敵わなかったんだもの……」

エリシアが顔を俯かせながら呟く。

それぐらい彼女も何度も考えただろう。しかし、パーティーで挑んで敵わなかった魔物を相手に、一人で挑んでも敵わないのは当然だった。

エリシアは呪いと共に生き、レベルダウンを受け入れ続けるしかない。

「……レベルが０になるとどうなるんだ？」

ふと疑問に思った。レベルがこのまま下がり続けて、０になってしまうとどうなるのかと。

「その時は死ぬような気がするわ。根源的な力が抜けていくから何となくわかるの。レベルが０になった時に私は死ぬんだって」

どこか諦観をはらんだ笑みを浮かべるエリシア。

聖職者やスキルによる解呪もできなければ、深淵の魔物を倒して解呪することはもっと不可能。

彼女がどこか諦めにも似たような気持ちになってしまうのも無理はない。

「暗い話をしちゃってごめんなさい。とにかく、これが冒険者狩りに追われていた理由だから。本当に助けてくれてありがとうね。ギルドに戻ってお金を下ろしたら改めて謝礼は払うから街に戻りましょう」

しんみりとした空気を振り払うかのように健気に笑みを浮かべるエリシア。

どうにかして彼女を救うことはできないだろうか？

エリシアは俺の憧れでもあるＳランク冒険者だ。数々の活躍をした素晴らしい英雄が、このまま潰れてしまうのは人類の損失であり、俺自身が悲しくて仕方なかった。

【状態異常無効化】なんてユニークスキルを持っているんだ。

俺がその呪いを肩代わりでもできれば……うん？　肩代わり？

そういえば、ソルジャーリザードの一体がそんなスキルを持っており、喰らったことで手に入れていたな。

俺はステータスを表示させて、その中にある【肩代わり】スキルの詳細を確認。

【肩代わり】……対象を選択し、その者が受ける攻撃、状態異常などを代わりに引き受けることが可能。

「あっ！　もしかしたらいけるかもしれねえ！」

「ええ？　どうしたの急に?!」

俺が興奮していたせいかエリシアが驚いたように振り返る。

「エリシアの呪いを無効化できるかもしれないんだ」

「無効化？　解呪じゃなくて？」

「口で説明するのは難しい。とにかく、今から発動するスキルを受け入れてくれないか？」

「え、ええ。わかったけど」

こくりと頷いた瞬間に俺は【肩代わり】を発動。エリシアにかかっている呪いの状態異常を肩代わりする。

すると、エリシアの身体を蝕んでいた呪いが俺へと移行した。

途轍もない力のこもった呪いが俺の身体を蝕もうとする。

しかし、俺にはユニークスキル【状態異常無効化】がある。

凶悪な呪いとはいえ、状態異常であることに変わりはない。

俺には何の影響ももたらさないままに呪いは霧散した。

「あ、あれ？　急に思考がクリアになって身体が軽くなったような？」

名前：エリシア
種族：エルフ族
状態：普通
LV43

試しに【鑑定】をして彼女のステータスを確認してみると、呪い状態はなくなっていた。

「ギルドカードを確かめてくれ」

【鑑定】を持っていなくてもギルドカードを見れば、自分のステータスは確認できる。

俺に言われて、エリシアはおそるおそるといった風に懐から取り出したギルドカードを見る。

「……呪いがなくなってる」

表示されている項目が信じられないのか何度も視線を泳がせた末にエリシアは言った。

彼女の頬にツーッと涙が流れる。

このまま呪いに身体を苛まれ、死んでいくのだろうと覚悟していたエリシアだ。

急に呪いがなくなれば驚くのも無理はない。

「でも、どうして?」

「俺には【状態異常無効化】というあらゆる状態異常を無効化することのできるユニークスキルがある。【肩代わり】スキルでエリシアの呪いを引き受け、俺のユニークスキルで無効化した」

「ってことは一度、私の呪いを引き受けたの!?」

「そうだな」

「なにしてるの!? 呪いを無効化できなかったらあなたがレベルダウンすることになっていたのよ!?」

勢いよくこちらに詰め寄ってきながら言うエリシア。

その声音や表情からただ単に怒っているのではなく、俺が大きな危険を冒していたことにエリシアは怒っているようだ。

「確かにそうかもしれねえが、別にできたんだからいいじゃねえか」

根拠はまったくないものの俺の中でできるっていう確信があった。

仮にエリシアの言うようにレベルダウンするようなことがあっても、俺には魔物を喰らってステータスやスキルを獲得できる能力があるので、彼女のようにレベルが下がり続けて死ぬことはないだろうなという目算があった。

だけど、魔物を喰らうことまで明かしていない今は、そこまで言うべきではないだろう。

「バカじゃないの。出会ったばかりの私なんかを助けるためにリスクを背負うなんて……でも、ありがとう」

トンッと俺の胸に頭を預けながら感謝の言葉を告げるエリシア。

エリシアのパーティー仲間や恋人であれば抱きしめてやってもいいかもしれないが、俺たちはあくまで今日出会ったばかりの関係であり他人だ。

とはいえ、突き放すような態度を取るのも素っ気ない。

「おう」

俺はエリシアの背中をポンポンと叩き、感謝の気持ちを受け取った意思を伝えた。


「へー、ここが辺境都市バロナ。意外と賑わっているのね」

エリシアの呪いを無効化した俺は、彼女と共に拠点としているバロナに戻ってきていた。

エリシアはバロナにやってくるのは初めてらしく、街の光景に興味をそそられているようだった。

「ここは辺境の割に迷宮がいくつもあるからな」

「なるほど。人が多いのにも納得ね」

迷宮からもたらされる資源とそれを求めてやってくる人々によって、バロナは栄えている。

他の辺境にある街と比べると、頭一つは抜きんでているだろうな。

「エリシアはこれからどうするんだ？」

「まずは美味しいご飯を食べましょう！」

ぱっと表情を輝かせたエリシアの言葉に肩透かしを食らう。

「いや、そういうことじゃなくてこれからのことを聞いたんだが……」

「追手もいなくなって呪いも解けた！　こんなに嬉しい日なんてないわ！　だから今日はパーッと美味しい料理を食べて、存分に呑むの！　奢ってあげるからルードも付き合いなさい！」

戸惑う俺を気にせず、エリシアは俺の手を引っ張ってズンズンと進んでいく。

ずっと逃亡生活を余儀なくされ、呪いに身体を苛まれていた彼女だ。

心置きなく日常を過ごせるようになり、パーッと騒ぎたい気持ちは理解できる。

そんな彼女の気持ちを尊重して、俺は食事に付き合うことにした。

「ちょっとギルドに寄ってきていい？　手持ちのお金がないから」

「ああ、わかった」

「逃げちゃダメだからね？」

「逃げねえよ」

何度か俺の存在を確かめるように振り返りながらエリシアは冒険者ギルドの中に入っていった。

程なくすると、彼女はホクホクとした顔で戻ってくる。

手には貨幣でパンパンになった革袋が握られており、魔石がかなりの値段になったようだ。

「ねえ、食事が美味しいお店を知らない？　できれば料理がたくさん出てきてお酒が美味しいところ！」

女性との食事に慣れている男ならば、スマートに彼女が喜びそうな店に案内できるのだろうが、こちとら低ランクの冒険者だ。そんな男になびく女性などおらず、まともな恋愛経験もないために女性が喜びそうなお店というものがわからない。

「『満腹亭』っていう俺が泊まっている宿の食堂でもいいか？　安くて美味い料理がたくさんあって、酒も結構な種類を取り揃えている」

「いいわね！　そこでお願い！」

宿の食堂と聞いてもエリシアが特に残念がる様子はなかった。

本当に満腹亭でいいらしい。

ちょっと驚きながらも要望通りに満腹亭に案内することにした。

夕食には少し早い時間帯だが、満腹亭の食堂には既に多くの客が席に着いていた。

「ルードさんが友人を連れてる！　一体どうしたんです？」

空いている席に腰を下ろすと、メニューを持ってきた看板娘であるアイラが驚きの声を上げた。

「……別に連れがいたっていいだろうが」

「だって、ずっとぼっち飯をしていたルードさんですよ？　それなのに急に連れがいたら気になるじゃないですか。しかも、同席しているのは超絶美人なエルフさんですし」

やめろ。ぼっちということを強調するな。

メニューを手にしているエリシアが可哀想な人を見るような目になっているじゃないか。

「食堂も混んでて無駄話してる暇はねえだろ。先に注文をとってくれ」

「はーい」

俺の言葉にアイラは不満そうにしながらも職務を全うするべくメモ帳とペンを取り出した。

「好き嫌いとかある？」

「まったくない。エリシアに任せる」

「それじゃあ、私の好きに頼ませてもらうわね！」

注文を任せると、エリシアは嬉しそうにしながら次々と注文をし、アイラは引っ込んでいった。

「それじゃあ、私とルードの出会いを祝して乾杯！」

「乾杯」

二人分の麦酒が届くと俺たちはすぐに杯をぶつけ合い、一気に麦酒をあおった。

喉越しを楽しむようにして一気に飲む。独特なほろ苦さと微かな酸味が心地いい。

「はぁー、お酒を呑むのも久しぶりだわ！」

口の端に泡をつけながら、テーブルに酒杯を叩きつけるような勢いで置くエリシア。

世の男が思い描く美麗なエルフの姿はどこにもない。ただ豪快な女冒険者がそこにいた。

まあ、澄ました性格じゃないことは最初からわかっていたので特に驚くことはない。

「なんか失礼なこと考えてない？」

「考えてねえよ。それより杯が空じゃねえか。お代わりはどうだ？」

「それもそうね！　すみませーん！　麦酒のお代わりを二つくださーい！」

それとなく話題を逸らすと、エリシアは上機嫌でお代わりを頼んだ。

麦酒のお代わりはすぐに俺たちのテーブルに運ばれてくる。

二杯目にもかかわらず、ごくごくと飲み干していくエリシア。

かなりのハイペースだ。

「酒は強いのか？」

「ええ、冒険者だもの！　お酒にはかなり強いわ！」

冒険者とお酒が強いことの関連性が不明だったが、酒が強いのであればペースを気にする必要もないだろう。

麦酒をチビチビと呑んでいると、エリシアの頼んだ料理がやってくる。

焼きキノコ、トマトサラダ、海鮮アヒージョ、フライドチキン、腸詰肉、三食鍋、バケットなど。

「わっ！　どれも美味しそう！」

満腹亭の料理だけあってかなりのボリュームであるが、エリシアは戸惑う様子もなく嬉しそうに手を付け始めた。

焼きキノコやフライドチキンを食べて、頬を緩めるエリシア。

彼女が満足そうにしていることにホッとしながらも俺は三食鍋に手を伸ばす。

三つの仕切りで区切られた鍋の中には、海鮮系、肉系、野菜系の出汁が入っており、それぞれに豊かな食材が入っていた。

一人で食堂を利用しているのでこういう大人数で突く鍋料理は頼みづらく、地味に食べるのは初めてだった。

　ああ、三食鍋が美味い。それぞれの出汁が具材にとても染みている。

　一度で三つの味わいが楽しめるところがいいな。

「ここの料理はどれも美味しいわね！　量も多いし、安いし最高だわ！」

「気に入ってもらえて何よりだ」

「ルードもこの宿に泊まっているのよね？」

「そうだ」

「じゃあ、私もここに泊まるわ」

　こくりと俺が頷くと、エリシアはアイラを呼んですぐに部屋を確保した。

　即決したエリシアに俺は驚く。

「部屋はそこまで綺麗ってわけでもねえぞ？」

「安心して眠れる場所があればどこでもいいわ。ここ最近はずっと野宿だったもの」

　Sランク冒険者であるエリシアが泊まるような高級宿ではないが、長い逃亡生活を強いられていた彼女からすれば、屋根のある安全な場所というだけで快適なのだろう。

「エリシアはこれからどうするんだ？」

　テーブルの上の料理がある程度なくなり、腹が満たされたところで俺は尋ねた。

　追手がいなくなり呪いから解放されたエリシアが、今後どのように活動するのか俺は気になった。

「迷宮に取り込まれた仲間を救出するのが目標よ」

エリシアは酒杯を置くと、毅然とした表情で告げた。

「その仲間は生きているのか？」

迷宮に取り込まれるといった状態がどのようなものかはわからないが、あれからもう何年も経過している。その仲間が生きているという確率は低いのではないか。

「わからない……だけど、最悪の結果だったとしても私はあの魔物を倒すことは諦めないわ」

仲間がどうであっても深淵迷宮の最深部にいる魔物を討伐するという決意は変わらないようだ。

「ルードには何か目標はあるの？」

「俺はSランク冒険者になって人々を救うのが夢だ」

「素敵な夢じゃない」

「笑わねえんだな？」

「ルードみたいに誰かを救いたいなんて気持ちはなかったけど、私もかつては同じ夢を抱いていた口だもの。笑うはずがないわ」

確かに目の前にいるのは元とはいえSランク冒険者だ。

そんな彼女が俺の夢を笑うわけもないか。

夢を否定されないだけで嬉しいものだな。

「ねえ、ルード。私とパーティーを組まない？」

「俺とか？」

「ルードはいずれSランク冒険者になるんでしょ？　だったら深淵迷宮の最深部を目指す私と目的

は同じよね？」

「待て待て。俺は深淵迷宮に潜るとは言ってねえぞ？」

「Sランク冒険者になるんでしょ？　だったら高難易度の迷宮踏破くらいしないとなれないわよ？」

　Sランク冒険者に求められるものは国を代表する冒険者たる実績を持っていることだ。

ただ単に依頼をこなしただけでは昇格できず、高難易度の迷宮踏破、災厄と呼ばれるような魔物の討伐などの偉業を為さなければならない。

「とはいっても、今はレベルが下がってこんな状態だし、まずはSランクだった頃の実力を取り戻さないといけないんだけどね。迷宮の踏破を手伝う云々は置いておいて、ひとまずそれまででもパーティーを組むっていうのはどう？」

　エリシアのレベルはかなり落ちている。全盛期のレベルまで取り戻すのにかなり時間がかかるだろう。一年や二年で挑みに行けるようなものではない。

目指すべき道のりは同じだ。

だけど、俺なんかがエリシアとパーティーを組む価値があるのだろうか？

現状態でのレベルは俺の方が少し上だが、一部のステータスについてはエリシアの方が勝っているくらいだからな。

「誘ってくれるのは嬉しいが、エリシアにはもっと強い知り合いがいるんじゃねえか？」

　レベルがほぼ同じとはいえ、Sランク冒険者だった時の知識や経験は健在なわけで技量については彼女の方が遥かに高みにいるに違いない。

レベルさえ上がれば最前線についていける能力はあるわけで、俺なんかとパーティーを組むよりも最前線にいる奴と組む方がいいんじゃないだろうか。深淵迷宮を最速で目指すのであれば、そっちの方が早い気がする。

「ルード、最前線にいるような冒険者は皆頭のネジが飛んでいるような奴ばっかりなの。実力はあっても背中を任せることはできないわ」

「そ、そういうものか？」

「ええ」

どこか遠い目をしながら頷くエリシア。

その理論で言うと、エリシアも頭のネジが飛んでいることになるがそこは突っ込まないでおこう。

「仮にSランク冒険者でまともな人格者がいたとしても五年も経過しているわ。人間族の寿命は短いから引退している人も多いだろうし、ルードの思うような動き方はもうできないわね」

長寿なエルフ族であるエリシアにとっては短い時間かもしれないが、人間族にとって五年という時間はそれなりに長い時間ということになる。

冒険者は身体が資本となる仕事だ。衰えを感じれば、最前線から離れるのは当然だろう。

俺が思い描いていた最前線組との合流は今のエリシアにとって難しいようだ。

「ルードがいなければ私は冒険者狩りにやられていたでしょうし、いずれは呪いに蝕まれて死んでいた。あなたは私の命を二度も救ってくれた。そんなあなたの力になりたいの」

錬金王
イラスト かわく
魔物喰らいの冒険者
まものぐらいのぼうけんしゃ
1
MAMONOGURAI NO BOUKENSHA
初回版限定
封入
購入者特典
特別書き下ろし。
二日酔い
※『魔物喰らいの冒険者 ①』をお読みになったあとにご覧ください。
EARTH STAR
NOVEL

二日酔い

エリシアの呪いが解けたことにより、俺たちは満腹亭で打ち上げをしていた。

満腹亭が提供する料理をエリシアはいたく気に入ったのか、かなりのペースで酒杯を重ねた。

エリシアのこれまでの冒険譚や、俺がどんな冒険者生活をしていたのか話していると時間はあっという間に過ぎて夜更けとなってしまった。

「結構な遅い時間になってるが宿の方は大丈夫か？」

「大丈夫！　私ここに泊まるから！」

心配の声をかけると、エリシアは懐から部屋の鍵を取り出してくるくると指で回す。

いつの間にか宿泊の手続きをしていたらしい。

「ここに泊まるのか？」

「ここの料理安くて美味しいし、酒の種類もたくさんあるもの！　気に入ったわ！」

チキンにかぶりつき、麦酒を豪快にあおりながら言うエリシア。

綺麗な顔立ちと細身な身体とは裏腹に堂に入った呑みっぷり。

彼女もエルフとはいえ、冒険者ということだろう。

「というわけで、宿の心配なら大丈夫！　そういうわけでもっと呑みましょう！」

ここで宿をとっているのなら問題はないか。

エリシアにも疲労はあるだろうが、彼女のこれまでの境遇を思うとパーッと騒ぎたくなる気持ちもわからなくない。

「そうだな」

「乾杯！」

俺は再びエリシアと酒杯を合わせた。

俺もチキンを頬張り、黄金麦酒を一気にあおった。

濃いめに味付けされたチキンを重厚な黄金麦酒で一気に胃の中へと流し込む。

豪快な味わいだが、こういうのも悪くない。

「むむ、ルードってば中々に呑むのが早いわね」

「おいおい、俺にペースを合わせないで自分のペースで呑めよ？」

なにせ俺には『状態異常無効化』がある。

このユニークスキルがある限り、俺はお酒に酔うことがない。つまり、どれだけ強いお酒でも水やジュースと同じ感覚で呑むことができるのだ。

俺はそんな特性を利用して、アルコール度数が四十を越えている黄金麦酒を呑んでいる。

俺に合わせていれば、あっという間に酔いつぶれてしまう。

「いいえ、私ももっと呑むわ！　誘っておきながら自分が呑まないだなんて私の流儀に反するもの！　店員さん、黄金麦酒お代わり！」

俺が注意するもののエリシアは表情をむっとさせてお代わりを頼む。

お酒好きと豪語する彼女には、独自のルールがあるらしい。

それは相手によっては相当痛い目をみることになるが大丈夫なのか？

程なくして給仕が黄金麦酒を持ってくる。

エリシアは再び酒杯をぶつけてくると、大きな酒杯を豪快に持ち上げて喉を鳴らした。

身体を反らせながらごくごくと喉を鳴らす。

見目麗しいエルフがお酒を一気に呑む様子は、食堂内にいる他の客の目に留まるのかあちこちで感嘆の声が上がる。

「ぷはぁ！　さすがは黄金麦酒！　重厚な苦みとアルコールの強さが効くわねー！」

ダンッと酒杯を叩きつけるようにして置きながら言うエリシア。

「おおー、あのエルフの姉ちゃん、黄金麦酒を一気でいったぜ！」

「やるじゃねえか」

「えへへ、これくらい冒険者なら当然よ！」

他の客たちに囃し立てられ、エリシアは気分を良くしたのか黄金麦酒をさらにお代わりする。

「おいおい、そんなペースで呑んでいて大丈夫なのか？」

「らいじょうぶよ！　私、お酒強いからぁっ！」

エリシアが若干怪しい発音をしながら近づいて肩を組んでくる。

見上げると、頬だけでなく耳も真っ赤に染まっている。

明らかに酔っているだろ。

とはいえ、彼女の境遇を考えると、こんな風に誰かと思う存分食べたり、呑んだりするのもかなり久しぶりなはず。

無理に止めて気を悪くさせるより、ここは思う存分発散させておくか。

明日、エリシアは絶対に二日酔いだろうな。

俺の予想は見事に的中し、翌朝の食堂ではぐったりとしているエリシアが目撃されるのだった。

「別に恩に着せるために助けたわけじゃねえんだが……」

命を救った恩をカサに着てエリシアをパーティーに同行させるというのは嫌だった。

Eランク冒険者でしかない男がなにを妙なプライドを持っているんだと思われるかもしれないが、嫌なものは嫌なので仕方がない。

「わかってる。でも、一緒に冒険をするなら信頼できる仲間がいい。私はルードなら背中を任せられると思った。だから一緒にパーティーを組みたいの」

俺は生粋の前衛であるために遠距離攻撃や魔法的攻撃手段をほとんど持たない。

そこに凄腕の魔法使いが加わることで戦闘は安定し、冒険者としてやれる仕事の幅は遥かに広がる。

本来ならばこちらから頼み込む立場なのに、エリシアは俺のことを高く買って誘ってくれている。

それは非常に嬉しい。

すぐにでもエリシアの手を取りたいところだが、俺には魔物を喰らうという秘密がある。

冒険中に魔物を食べる俺を見て、エリシアは気味悪がるかもしれない。

とはいえ、ここまで言ってくれる相手に何も話さずに断るのは失礼だ。

しかし、こんな人目のつくところで話すわけにもいかない。

「……わかった。パーティーを組もう」

「やった！　じゃあこれからは正式に仲間として――」

「ただし、俺には一つ秘密がある。それを聞いてから正式に組むかをエリシアが判断してくれ」

嬉しそうにしているエリシアを制するように俺は言葉を続けた。

「人殺しが趣味とか、とんでもない性癖があるとかじゃないわよね？」

エリシアが若干恐々とした様子で尋ねてくるのできっぱりと否定する。

「そういうわけじゃねえよ」

エリシアが思い描くような犯罪者的な趣味や性的思考があるわけではないことだけは明言しておく。

まあ、見方によってはそれらを超えるような食癖ともいえるかもしれないが。

「ふうん……わかったわ。それでルードが納得してパーティーを組んでくれるんだったら私としては問題ないわ。その秘密っていうのは明日にでも教えてちょうだい」

「ああ、それで頼む」

俺の秘密の一端を既に見抜いているエリシアがすごい。まあ、あれだけ魔物のスキルを使っていれば、不思議に思うのも当然のことか。

後は明日説明をしてエリシアが受け入れてくれるかどうかだ。

受け入れられなければ、またいつものように一人に戻る。それだけだ。

「さて、真面目な話も終わったことだし、じゃんじゃん呑むわよー！」

酒杯を空にすると、エリシアは六回目のお代わりをするのだった。

9話 ゲルネイプの塩焼き

翌朝、満腹亭の食堂で先に朝食を食べていると、フラフラとした足取りでエリシアがやってきた。

彼女は席に着くなり、青い顔をしながら呻いた。

「……気持ち悪い。頭が痛くて死にそう」

「だろうな」

久しぶりに憂いなく酒が呑めるのが嬉しかったのか、昨晩のエリシアは自重することなく酒を呑んでいた。

その結果、見事なまでの二日酔い状態となっているわけだ。

「朝食は食べられそうか?」

「……無理。吐く」

テーブルに突っ伏しながらエリシアが返答する。

「回復魔法でどうにかならないのか?」

「二日酔いには効果がないのよ」

「そうなのか」

絶妙にどうでもいい知識が増えた気がする。

「ああ、どこかの天才が二日酔いを何とかする魔法を発明してくれないかしら……うっぷ」

エリシアがどうでもいいことを呟きながらもえづく。

今日は俺の秘密を打ち明けるためにも冒険に出る予定だったのだが、このままではエリシアは動けなそうだ。

名前：エリシア
種族：エルフ族
状態：二日酔い
LV43

【鑑定】してみると状態が二日酔いになっている。一応、これも状態異常に含まれるんだな。

状態異常であれば無効化できないものはない。

仕方なく俺はエリシアを対象にして、【肩代わり】を発動。状態異常がこちらに流れ込んでくるが、俺のユニークスキルが無効化した。

するとテーブルに突っ伏していたエリシアがすくっと上体を起こした。

「あれ？　急に頭痛とお腹の不快感がなくなったわ」

「エリシアの二日酔いを俺が【肩代わり】して無効化してやった」

「ルード！　あなたは神だわ！」

俺の右手をギュッと握りしめて感激の表情を浮かべるエリシア。

行いこそアレだがエリシアは美人のエルフだ。手を握られるとドキッとしてしまうのでやめてほしい。

「いいから早く朝食を食べろ」

「はーい！」

照れを隠すように促すと、エリシアは給仕をつかまえて朝食の注文をした。

程なくして運び込まれたメニューは俺と同じハムエッグにポトフに黒パンだ。

「ルード、私とんでもないことに気付いちゃった！」

「なんだ？」

「ルードがいれば、私は酔うことなく一生お酒を呑めるわ！」

食事中にエリシアが真面目な顔をするので尋ねてみれば、非常にくだらないスキル運用についてだった。

「次は酔っても肩代わりしてやらねえからな」

「ああ、ごめんなさい！　冗談だから！」

冗談だとはいっているが視線が虎視眈々と何かを狙っているような雰囲気だ。

このエルフ、もしかすると酒癖が悪いのかもしれないな。

次にまた酒を呑む時は注意することにしよう。

なんて朝の一幕がありながらも朝食を食べ終わると、俺たちは瘴気迷宮にやってきた。

別に街の外でも良かったんだが、エリシアの万全を期しておいた方がいいという気遣いによりこの場所になったわけである。

「で、ルードの秘密っていうのは何なの？」

周囲に人の気配がないことを確認すると、エリシアは本題に入る。

「俺の秘密は魔物を食べることだ」

「ええ？　魔物を食べるの？」

「ああ、俺は魔物を喰う」

「いやいや、魔物を食べたりしたら普通にお腹を壊しちゃうし、最悪の場合は魔化状態になって――ああ」

突っ込みを入れている途中で気付いたのだろうエリシアがハッとした顔になる。

「そう俺には【状態異常無効化】っていうユニークスキルがある。だから、魔化状態になることはねえんだ」

「理論的にはそうとはいえ、よく食べてみようと思ったわね」

答えると、エリシアがやや呆れをはらんだような声音で言う。

「俺も最初は怖くて試せなかったさ。だけど、そうもいっていられない状況に陥ってな。食べられることに気付いたのはつい最近だ」

「ルードがたくさんの魔物のスキルを持っているのって、もしかしてそれが関係しているの？」

「そうだ。魔物を喰べたことで俺はスキルを手に入れることができた。だから、俺は強くなるためにこの先も魔物を喰らうことをやめるつもりはない」

「それがルードの秘密ってわけね」

「そうだ」

「なーんだ、そんなことだったのね」

こくりと頷くと、エリシアがホッとしたような顔になる。

思っていた以上に軽いエリシアの態度を見て、告白したこちらが拍子抜けする思いだ。

「そんなことか？　魔物を食べているんだぞ？」

「別にちょっと人と変わったものを食べる趣味があってもいいじゃない。それが冒険者として強くなるためだったら恥じることはないわよ。少なくとも私はそれを理由に気味悪く思ったり、パーティーを組むことをやめようとは思わないわ」

「そ、そうか」

「というわけで正式にパーティーを組むってことで問題ないかしら？」

「あ、ああ。よろしく頼む」

「ええ、こちらこそ」

エリシアの差し出してきた手に、応じるように自分の手を重ねると、彼女は嬉しそうに笑った。

「ねえ、せっかくだしルードが魔物を食べる様子っていうのを見たいんだけど」

まるで見世物のようだが、エリシアの抱いている好奇心はわかる。

「ならあそこにいるゲルネイプでも倒して喰うか」

瘴気迷宮の外には沼地が広がっており、そこにも魔物は潜んでいる。

ちょうど沼を覗いてみると、ゲルネイプという魚型の魔物が何匹か泳いでいた。


【鑑定】してみると、それなりに使えそうなスキルを持っている。

ゲルネイプ
LV23
体力：46
筋力：29
頑強：28
魔力：32
精神：36
俊敏：48
スキル：【高速遊泳】【水弾】【狙撃】

喰らっておいて損はないな。

「沼の魚って大丈夫なの？」

ゲルネイプを見ながらエリシアが心配そうな声を上げる。

沼とあってか水面はお世辞にも綺麗とは言えない。

普通の感覚を持っていれば、好んで手をつけたいとは思わないだろう。

「元から胃袋は強い方だしスキルもあるからな」

単純に不衛生ということや寄生虫の心配などがあるが、【強胃袋】【寄生耐性（大）】【健康体】というスキルがあるので問題ないだろう。

沼に近づくと、こちらの気配を察知したのかゲルネイプが水面から顔だけを出して勢いよく水弾を吐いてきた。

【鑑定】で事前にスキル構成を見抜いていたが故に、行動を予測していた俺は首を動かして正確な一撃を回避。

水弾は後ろにあった枯れ木の枝をへし折った。

一般人がまともに受けたら大人であっても吹き飛ばされそうな威力だな。

まあ、今の俺の頑強さなら直撃しても痛くも痒くもないだろうが攻撃は受けないに越したことはない。

次々と水面から顔を出したゲルネイプの水弾を避けながら近づいていく。

相手を間合いに捉えたので大剣を振り下ろそうとすると、ゲルネイプはすぐに水中へと引っ込んでいった。

「おいおい、卑怯だろ。それは」

「魚だもの。危なくなったら水中に逃げるわよね。というか、ファルザスたちと戦っていた時のルードもこんな感じだったわよ？」

そう言われると確かにそうだ。

きっとファルザスたちの気持ちはこんな感じだったんだろう。

そもそも俺の武器は大剣なので、こうやってちょこまかと動き回る相手とは相性が悪い。

思いっきり大剣を振り下ろせば仕留められる気はするが、衝撃でゲルネイプが粉々になってしまいそうだ。食べてスキルを手に入れることが目的なのでそれは避けたい。

「私の魔法を使えば、綺麗に仕留められるけど？」

「いや、大丈夫だ。【纏雷】」

俺はスキルを発動して身体に雷を纏わせた。

沼にちょこんと指を入れて雷を流してやると、水中を泳いでいたゲルネイプたちはガクガクと震えた後にぷかーっと水面に浮かんできた。

「大漁だな」

感電死したゲルネイプたちを丁寧に引き上げる。

「サンダーウルフのスキルね！　使っている時は感電したりしないの？」

「ああ、別にそういうのはないな」

「便利ね」

まったくだ。攻防一体なだけでなく、こうやって漁にも使えるなんて【纏雷】が便利過ぎる。

「ねえ、魔物を食べるってそのまま生で食べるの？」

ゲルネイプを見て、エリシアが恐々とした表情で尋ねてくる。

「さすがにそれはねえよ。一般的な食材と同じで調理をする」

平地に移動すると、マジックバッグから調理に必要な道具を取り出していく。

「ちゃんとマジックバッグを持っているのね」

「そうしないと調理道具を持ち歩けないからな。エリシアも持ってはいるだろ？」

「ええ、かなり大容量のものをね！」

自らのマジックバッグを自慢げに叩いてみせるエリシア。

「それってどのくらい入るんだ？」

「うーん、満腹亭くらいの建物なら余裕で収まるわよ」

「とんでもねえな」

俺のマジックバッグなんて調理道具や必要な物資を入れるだけでパンパンだというのに、羨ましい限りだ。冒険に出る時はエリシアのバッグに物資を入れさせてもらおう。

ゲルネイプを水で洗ってみると、ぬめぬめとしていた。

表面にはぬめりがあるらしい。そのままな板の上で捌くのは難しいので、頭を右にして目打ちすることによって固定。頭頂部から背骨まで包丁を入れると、背骨に沿って切り進める。

開くと綺麗な薄ピンクの身が露出した。

頭側の内臓の付け根を包丁で切ると、内臓を手で掴んで尾の方に引っ張りながらむしり取った。

内臓の処理が終わると、次は骨だ。

背骨の腹側に沿って、頭から尾の付け根まで切れ目を入れる。

すると、身から切り離された骨が浮いてくるので頭から背骨を切り離す。その切り口から背骨の下に刃先を差し込んで削ぐように身から背骨を切り離していく。

完全に切り離さずに尾の付け根で止めると、残した背骨と一緒に背びれの際まで切り落とした。

左手で尾の部分を引っ張りながら包丁の先を背びれから頭の付け根まですすめ、背びれを切り取る。さらに尾びれを切り取ったら、しごくような感じで包丁を頭の付け根まで寄せて、寄せた内臓と共に頭を切り落とした。

「よくこんなにテキパキと捌けるものね」

「基本的な身体の構造は魚と変わりねえからな」

捌いたことのある魚の知識を応用しているだけだ。

時間をかけて泥抜きすればすべて食べられるだろうが、そんな時間はないので内臓などは捨てる。

これが正しいやり方なのかは不明だが、食べ難い部分さえ取り除いておけば問題ないはずだ。

「後はこれを焼いたり、煮たりする感じ？」

「そうだがその前にぬめりをお湯で落としておきたい」

こういう魚のぬめりは臭みの元になることが多い。水で洗ってみたがまだ若干の臭さがあるのでしっかりとぬめりを落としておきたい。

「お湯なら魔法で出してあげるわ」

「おお、さすがは魔法使い！」

いつもならわざわざ鍋に水を入れて、火魔法で温めて沸騰させる必要があるのだが、水属性と火属性の魔法を使えるエリシアがいれば、お湯を作り出すことは造作もない。

思わず感激の声を上げるとエリシアが苦笑した。

まな板を少し傾けると、エリシアが出してくれたお湯を捌いたゲルネイプに流しかける。

「なんか白いものが見えたわね」

「多分、それがぬめりと臭みの原因だろう」

ゲルネイプの身を冷水に浸すと、白いものが浮き出してきたので包丁でしごいて取り除く。

「おお！　大分ぬめりがなくなった」

「臭みもほとんどなくなったわね」

やはりあのぬめりが臭みの原因のようだった。熱湯をかけてみて正解だな。

ぬめりと臭みがとれたところでゲルネイプを適度な大きさに切り分ける。

そこに薄く塩を振ると、油を引いたフライパンで皮目から中火で焼いていく。

魚の脂の匂いが漂ってきて実に美味しそうだった。

火が通ってくると身が盛り上がってきて、皮に焦げ目がついたタイミングでひっくり返す。

そして、表面にも淡い狐色の焼き色がついたら皿へと盛り付けた。

「ゲルネイプの塩焼きの完成だ！」

「ねえ、普通に美味しそうなんだけど……」

完成した料理を見て、エリシアがごくりと喉を鳴らす。

「食うか？」

「魔物だから食べられないわよ！」

「魔化状態になったら俺が【肩代わり】してやるぞ？」

「魔化状態になるまでに身体にどんな異常が出るかわからないじゃないの！　さすがに命を懸けてまで食べてみようとは思わないわ」

「それもそうだな」

俺だって食べられるかもしれないとわかっていても、命を落とすのが怖くてずっと試すことができなかった。

俺のようなユニークスキルを持っていないエリシアが怖がるのは当然か。俺の【肩代わり】もどこまで機能してくれるか不明だからな。

「じゃあ、これは俺一人で食べるとしよう」

「そうしてちょうだい」

口調の割にはちょっと羨ましそうな表情。

これだけ美味しそうな見た目と匂いを放っていれば仕方がない。

エリシアが見守る中、俺はゲルネイプの身にフォークを刺して口へ運んだ。

「美味い！」

「どんな感じの味なの？」

「ふっくらとしていて口の中で身が溶ける！　それと共に広がるゲルネイプの脂身と旨みが堪らない！」

ゲルネイプの脂身の甘みがしっかりとしているので、これは余計な味付けはせずに塩で食べるのが正解だな。

濃いタレなどはゲルネイプの味を損なうだろう。

「こういう細い魚って小骨が多そうなイメージだけど、その辺りはどうなの？」

「確かに少し小さな骨があるがほとんど気にならないな。喉に刺さるような大きさも硬さもないし、普通に食べられる」

エリシアの懸念する食べ難さというものは一切なかった。

この骨の柔らかさであれば、焼いてみたりスープの出汁にしてみたりするのもアリだろうな。

ぬめりがしっかりと取れているお陰か懸念していた生臭さや泥臭さのようなものは一切なかった。

夢中になって食べ進めると、あっという間にゲルネイプを平らげていた。

「ふう、美味かった」

「本当に魔物を食べちゃったわね。身体は平気なの？」

「ああ、特になんともないな。むしろ、身体に力が漲っているくらいだ」

腕を回して絶好調であることをアピールすると、エリシアは珍妙な生き物を見るかのような視線を向けた。

世の中では魔物は食べてはいけないという認識が当たり前だから、エリシアの反応は当たり前だ。

「で、魔物を食べるとその魔物のスキルが手に入るのよね？」

「そうだ。ゲルネイプの持っていた【高速遊泳】【水弾】【狙撃】の三つのスキルが手に入っているな」

「へー、スキルを見たいからそこの沼で泳いでみてよ」

「さすがにそれは勘弁してくれ」

どれだけ速く泳げるのか試してみたい気持ちはあるが、さすがに沼を泳いでみたいとは思わない。

普通に川とか綺麗な水場で試したい。

なんて主張すると、エリシアはコロコロと笑って冗談だと言ってくれた。

「泳ぐ方は無理だが【水弾】と【狙撃】ならいけそうだ」

「本当？」

エリシアが爛々とした瞳で見つめる中、俺は【水弾】を発動。

体内で生成された水を口元で留めると、遠くに生えている木を視認。

ただ木に放つだけではつまらないので、僅かに残っている葉っぱに狙いを定めて水弾を飛ばした。

俺の口から放たれた【水弾】は【狙撃】による補正によって見事葉っぱだけを撃ち抜いた。

すぐ傍からパチパチと拍手が上がった。

「本当にゲルネイプのスキルが使えるのね。魔物を喰らって、スキルを手に入れるルードの力は破格だわ」

「魔物を食べる姿を見ても、本当に気持ちは変わらないか？」

「変わらないわよ。だからこれからは仲間としてよろしくね？」

「ああ、よろしく頼む」

こうして俺とエリシアは正式にパーティーを組むことになった。

10話　エリシアのユニークスキル

パーティーを組むことになった俺たちは依頼を受けるために冒険者ギルドへ向かった。

ギルドの中に入ると、視線が一気に集まる。異様な視線に驚くが、視線を集めているのは俺じゃなく隣にいるエリシアだ。

これだけの美人であり滅多にお目にかかれない種族であるエルフだ。

人々の視線が集まってしまうのも無理はない。

「依頼を見に行きましょう」

「そうだな」

エリシアは注目されるのには慣れっこなのだろう。

集まる視線を特に気にした様子もなく掲示板へと歩いていき、俺も後ろを付いていく。

掲示板には様々な依頼が貼り出されている。

清掃や、荷運び、配達、買い出しといった雑用依頼、街の外にある薬草や木の実を採ってくるといった素材採取依頼や街道や森に出没する魔物の討伐依頼と様々だ。

冒険者は多岐にわたる依頼をこなし、依頼主からの報酬を得て生活するわけだ。

「おいおい、エルフの姉ちゃん？　お前、そんな男と一緒に組むってのか？」

「瘴気漁りと組むより俺たちと組んだ方がよっぽどいいぜ？　こっちにこいよ」

掲示板を眺めていると、冒険者の男たちがそんな風に声をかけてくる。

俺を見下しているいつもの連中だ。

「……瘴気漁り？」

エリシアは男たちにまったく取り合う様子はなかったが、俺の呼び名が気になったようだ。

「俺の悪い二つ名みたいなものだ。瘴気迷宮の低階層でばかり活動していたからな」

「でも、ルードのユニークスキルを考えれば、あそこで活動するのは当然でしょ？」

「まあ、俺みたいに歳をくってるのに万年Eランクとくればバカにされるのも仕方がねえよ」

「ええ!?　あれだけの実力があってEランクって嘘でしょ!?」

なんて言うと、エリシアが驚いた顔になる。

そういえば、エリシアに俺のランクを伝えていなかったっけ。それは悪いことをした。

「おい、話を聞いてんのかよ!?」

「エルフだからってお高く止まってるんじゃねえぞ！」

事情を説明しようとすると、ずっと無視されていた男たちは頭にきたのかエリシアの肩を無理矢理掴む。

「触らないで」

振り返りながらのエリシアの言葉に男たちは身をすくませて何も言えなくなってしまう。

彼女が殺気と魔力による圧を飛ばしているせいだ。

レベルが下がってしまっているとはいえ、全盛期はSランクだった魔法使い。

修羅場を潜り抜けた数は並外れたもので、今でも魔力の数値は突出している。

常日頃、ギルドで弱いものにちょっかいをかけることしかできない、くだらない男たちが敵う相手ではなかった。

「失せなさい」

「ひ、ひぃ！」

エリシアが殺気と魔力による圧を緩めると、男たちは情けない声を上げてギルドから出ていった。

エリシアが綺麗なだけの女性ではないとわかったのか、集まっていた好奇の視線は霧散した。

「で、Eランクっていうのは本当なのね？」

「ああ、強くなったのはつい最近だからな」

「だとしたらルードのランクを上げるのが先決ね。強くなるためにもランクは上げておいた方が都合はいいし」

「手伝ってくれるのか？」

「当然よ。私たちはパーティーだもの」

「お、おう。そうか。パーティーだもんな」

今まで臨時でパーティーを組んだことは何度かあったが、ロクなものではなかった。

そんな環境にいた俺からすれば、仲間のためを想うエリシアの言動が眩しく感じられた。

「ルードがランクアップのためにこなすべき依頼ってなにかしら？」

「討伐依頼だな。逆にいえば、それ以外の依頼は概ねこなしている」

雑用依頼、採取依頼、斥候依頼なんかは積極的にこなしていたために、ギルドに証明するべきものは冒険者としての単純な強さだろう。

「だったらグレイウルフの群れの討伐なんてどう？」

エリシアが掲示板から一つの依頼書を引っぺがす。

そこに書かれているのはグレイウルフ十体の討伐だ。

グレイウルフは単体での強さはそこまで大したものではないが、大抵は群れを形成して動いているためにEランクの冒険者が討伐するには難易度が高い。

しかし、俺のレベルもかなり上がっている上に、今は魔法使いという頼もしい仲間がいる。

予期せぬ群れに遭遇したとしてもエリシアの魔法で殲滅することができるだろう。

「わかった。それを受けよう」

「決まりね！」

イルミのいるカウンターで受注手続きを済ませると、俺たちは街の外に出ることにした。


バロナから南へと延びている街道はジグザグとしながらも遠くまで続いている。

街道付近には豊かな草原が広がっており、そこには灰色の体毛の六本足の狼の魔物が群れで歩いていた。

「いたわね」

近くの森に棲息していたグレイウルフが繁殖して数が増えたことによって、普段はあまり出没することのない街道にまで出没し、商人や旅人が困っているようだ。

グレイウルフ
LV11
体力：35
筋力：28
頑強：22
魔力：13
精神：10
俊敏：42
スキル：【嗅覚】

【鑑定】をしてみるとレベルの平均はこんなものだった。

目ぼしいスキルがあるとすれば鼻がよく利くようになる【嗅覚】スキルだろう。

「近くに見える群れは五体だが、かなり奥にある木の傍にもグレイウルフの群れが見えるな」

「数は七体。戦闘をすれば、すぐに音を聞きつけて合流してくるわね」

そういえば、エリシアも【遠視】を持っていたな。

数百メートル先の光景ならば彼女も見えるのだろう。

「近くにいるグレイウルフは俺が倒す。合流しにくる奴等は任せてもいいか？」

「いいわよ」

苦笑するエリシアから視線を外すと、俺は背負っていた大剣を引き抜いてグレイウルフの群れへと飛び込んだ。

グレイウルフたちには俺が急に現れたように見えたのだろう。

驚きながらもすぐに後退して距離を取ろうとするが、動きがかなり遅い。

大剣を横薙ぎにして後退しようとするグレイウルフの三頭を両断した。

三頭の仲間が崩れ落ちる間に体勢を整えたのか、残っていた二頭が僅かに時間をずらして挟み込むようにして飛びかかってきた。

レベル7の俺ならば為すすべもなかっただろうが、今の俺の身体能力ならば十分に見切って対処できる。

大剣をすぐに引き戻して左手を狙ってきたグレイウルフの首を峰で打つと、そのまま地面に突き立てるようにしてもう一頭のグレイウルフの頭蓋を貫いた。

「グオオンッ！」

五体のグレイウルフを討伐すると、遠くにいたグレイウルフたちが音を聞きつけて合流しにきたようだ。

予想通りの出来事なので特に慌てることもない。

戦闘が早く終わったので余裕を持って対処できるのだが、今の俺には頼もしい仲間がいる。

「増援は任せた」

「ええ！　せっかくだし、私のユニークスキルを見せてあげるわね！」

エリシアが声を上げると、彼女の傍にどこからともなく翡翠色の光を纏った少女が現れた。

少女の周りには風が渦巻いており、可愛らしい見た目とは裏腹にかなりの力を秘めていることがわかる。

恐らく、あれが精霊なのだろう。

「シルフィード！」

猛然と駆けてくるグレイウルフをエリシアが指差すと、風の精霊はふわりと宙を舞って怒濤の勢いで風刃を放った。

ひとつひとつの風刃が大きい上にそれが視界を埋め尽くすほどの数だ。グレイウルフは避けることもできずに体を切り裂かれた。

風の乱舞が終わると、そこには体をズタズタにされたグレイウルフたちが血の海に沈んでいた。

生き残っているものは一体としていなかった。

「やっぱり、全盛期ほどの威力は出ないわね」

俺からすればあり得ないほどの威力なのだが、エリシアとしては大層ご不満らしい。

昔はステータスが今の三倍くらいあったと考えると、威力はこんなものじゃなかったのだろう。

そう考えると、Ｓランク冒険者というのは恐ろしいな。

「これが精霊魔法ってやつか？」

「ええ、これが私のユニークスキル。自然界に存在する精霊の力を借りて、魔法を行使することができるわ」

「へー、精霊っていうのはどこにでもいるものか？」

「その土地にもよるけど基本的にはどこにでもいるわ。特別なスキルや素養がないと見えないけど」

キョロキョロと周囲を見回す俺を見て、エリシアが苦笑する。

やはり一般人に精霊は見えないようだ。

稀にスキルを持たない者でも素養があったり、精霊に好かれやすい性質の者がいるらしい。

シルフィードを眺めていると俺の頭の上に着地する。

お？　もしかして俺は精霊に好かれるタイプか？　などと思っていたらシルフィードは俺の髪をめちゃくちゃに撫でたり、引っ張ったりし始めた。

さすがに鬱陶しいので手で払うと、シルフィードは楽しそうに笑ってちょっかいをかけてくる。

「なんだこいつ」

「シルフィードは悪戯好きだから、そういった反応を見せるとますます面白がるわよ」

エリシアの言う通りで俺が反応すればするほどにシルフィードのちょっかいは悪化していく。

もはやどうにでもなれという気持ちで反抗を諦めると、シルフィードはちょこんと俺の頭に座った。

しかし、大人しくするつもりはないらしく、俺の髪を摑んだり、勝手に結んだりと自由にやっていた。もうどうにでもなれ。

「エリシアはどの属性の魔法でも使えるのか?」

「精霊との相性によるわ。私と一番相性がいいのは風の精霊ね」

エリシアが指で撫でると、シルフィードはくすぐったそうにしながらも嬉しそうに笑う。

本当に仲がいいらしい。

「他にはどんな属性が使えるんだ?」

「水、氷、光、土が得意よ」

「闇や火は?」

「その二つは私とあまり相性が良くないみたいで、力を借りてもいい結果が起きないわね」

なんでも相性の悪い精霊になると莫大な魔力を対価として要求されたり、そもそも力を貸してくれないなんてこともあり得るらしい。すべての属性を使いこなせるわけでもないようだ。

「精霊魔法は魔力を消費するのか?」

「勿論、消費するわ。精霊から力を借りるには魔力を対価にする必要があるの」

やはり魔力消費無しでぶっ放せるような都合のいいものではないようだ。

あれだけの威力があるのだから当然か。

「俺は魔法にあまり詳しくねえんだが、普通の魔法を使うのとどう違うんだ？」

「精霊魔法の大きなメリットは二つあるわ。一つは少ない魔力で高出力の魔法を繰り出せること。もう一つは魔法よりも曖昧な事象を引き起こせることよ」

「一つ目はわかるが、二つ目の曖昧な事象っていうのはどういうことだ？」

「口で説明するよりも体験してもらった方がわかりやすいかもしれないわね。シルフィード、お願い」

エリシアが声をかけると、シルフィードはこくりと頷いてこちらにやってくる。

シルフィードは楽しそうに周囲を飛び回ると、風を起こしてふわりと俺の身体を持ち上げた。

俺の足があっという間に地面から離れ、上空へと持ち上げられていく。

「うおおおお、なんだこりゃ!?」

「シルフィードの風の力で私たちの身体を浮かせているのよ」

戸惑っていると、同じく精霊の力で空へと浮いてきたエリシアが説明してくれた。

「風で空に浮く!?　そんなことができるのか!?」

「魔法じゃかなり難しいし、できても一時的で魔力効率が悪いから実用的じゃないわね。でも、精霊に頼めばこういったこともできちゃうわ」

精霊の力を借りて自由自在に空を飛んでみせるエリシア。

空を飛ぶ魔法使いなんて初めてみた。

なるほど。確かにこういった事象は一般的な魔法では不可能に違いない。

精霊魔法の理解が進んだところで俺は地面へと下ろしてもらう。が、シルフィードが最後に放り投げるように俺を捨てた。

「いてっ」

お尻を擦りながら睨みつけると、シルフィードはくすくすと笑って消えた。

「シルフィードに気に入られたわね」

「あれでか？」

「そうじゃなかったら私が頼んでも力を貸してくれないし、近寄らせてもくれないわ」

エリシアの基準ではそうらしいが、俺には玩具にされているような気しかしないな。

「あっちにもまだグレイウルフがいるみたいね」

「ならあっちも討伐しておくか」

依頼では十体の討伐が目標であるが、別に十体で留める必要はない。

繁殖して街道にまで出没しているのであれば、多く討伐しておくにこしたことはない。

俺とエリシアは街道にいるグレイウルフを次々と討伐していくのだった。


「ルードさんの功績が認められ、ランクアップとなりました」

グレイウルフ四十体の討伐を終えた翌日。

冒険者ギルドに顔を出すと、イルミにそう言われた。

「え？　もうランクアップか？」

「元々討伐系以外の依頼はかなりの数をこなしていましたので、これだけの数のグレイウルフを討伐できるのであれば実力は十分だと判断しました」

俺としてはもう二つや三つくらいの討伐依頼をこなさないといけないと思っていたが、今回の成果で十分だと認められたらしい。

「やったわね、ルード！」

「俺がDランク冒険者か……」

まさかこんなにも早くランクアップできるとは思わなかったな。

ずっとランクを上げることができなかったので感激だ。

「Dランクになったお陰で、もっと上の依頼が受けられるようになったわよ！」

「ちょっと待て。次に行くのが早すぎねえか？」

さっきは祝いの言葉をくれたのにもう掲示板に移動して依頼を物色している。

もっとこうランクアップしたことを祝うとか、余韻を楽しむとか情緒的な何かがあるはずだ。

「ええ？　Sランクを目指しているんだからDなんかで喜んでどうするの？　そもそもルードがこんな低いランクにいること自体おかしいんだからね？　次はCランクを目指すわよ！」

「お、おう」

そう言われればそうか。Sランクを目指しているのであれば、こんなところで喜んでいる場合じゃない。

さすがは元Sランク冒険者だけあって意識が違う。俺も彼女のようにもっと貪欲に上を目指さないと。

「見て、ルード！　バフォメットの討伐依頼があるわよ！」

エリシアが指し示した依頼は山羊の頭に悪魔のような翼を生やした魔物の討伐だ。

「それはCランクの討伐依頼だろ？　俺たちは受けられねえじゃねえか」

「知らないの？　Dランク以上になると、一つ上の依頼でも受けられるようになるのよ」

「そうだったのか!?」

「ギルド資料に書いてあったわ」

ギルドの本棚に置かれてある分厚い書物のページをめくるエリシア。

細い指が指し示す項目を呼んでみると、確かにそのような文章が書かれていた。

「本当だ。知らなかった」

万年Eランクだったのでそんなルールがあるとは知らなかった。

「私が活躍していた時代に作ってもらったルールだけど、ちゃんと残ってるようで安心したわ」

ひょっとしたらこの項目が追加されたのって、エリシアのような規格外冒険者のランクを速やかに上げるためじゃないだろうか。なんとなくそんな気がしてならないな。

「ならCランクの依頼を受けることに問題はねえわけだな」

「ええ。だからバフォメットの討伐依頼をお勧めするわ」

「どうしてそれなんだ？」

Ｃランクの依頼が受けられるのであれば、他にもっとやりやすい依頼があると思う。

「バフォメットは魔法を扱うスキルを持っているのよ！」

エリシアのその言葉でなぜバフォメットの討伐依頼を勧めてくるのかがわかった。

俺が喰らうことで魔法系のスキルを獲得できるからである。

魔法を扱えるスキルが増えれば、パーティーとしての単純な戦力が跳ね上がるのは間違いない。

だとしたら早めに獲得しておくに越したことはないだろう。

「そういうことか。ならその依頼を受けるか――げっ、出現する場所は新迷宮なのかよ」

依頼書に目を通すと、バフォメットが出没する場所はアベリオ新迷宮だった。

低階層でのミノタウロスの出現という異常事態があったが、あの事件以来ミノタウロスは発見されず、今では普通に探索されているようだ。

「何か問題でもあるの？」

「ちょっとその迷宮には嫌な思い出があってな。まあ、それでも問題ねえよ」

「そう？　ならいいんだけど」

ランクアップのために付き合ってもらっているんだ。

嫌なことがあった場所だから行きたくないなんて甘えたことは言っていられない。

バフォメットを倒して、魔法スキルを得るのは俺が強くなるために必要なことだからな。

依頼書を剝がしてカウンター業務をしているイルミに提出する。

「Dランクになったところだというのに、いきなりCランクの依頼ですか……」

困った人を見るような目をするイルミ。

ついさっきランクアップしたところなのに、それよりも上のランクの依頼を持ってくれば受付嬢としてはそうなるよな。

「制度上では問題ないはずだけど？」

「……まあ、お二人がDランクの範疇に収まる実力ではないことは承知していますので問題ないでしょう」

エリシアが口論の構えをみせるが、イルミは特に渋ることもなくあっさりと手続きを進めてくれた。

エリシアのことを知っているか、ランカースから何か話を聞いているのかもしれないな。

他の受付嬢であれば難癖をつけてきたり、受注を拒否したりする可能性が高かったのでイルミがいてくれるだけで助かるというものだ。


馬車に揺られてアベリオ山脈の麓までやってくると、以前と変わらぬ様子で新迷宮は鎮座していた。

「へー、ここが最近新しくできた迷宮ね。その割には活気がないわね？」

「前に低階層でミノタウロスが出現してな。それ以来異常は見つかってねえらしいが、多くの冒険者は警戒して潜ってねえんだろう」

ミノタウロスを屠れるぐらいの力量のあるパーティーならともかく、そうでない者にとってミノタウロスとの遭遇は地獄だ。

俺のような奇跡が起きない限り、遭遇すれば生き残ることはできないだろう。

「低階層でミノタウロスが出現なんて遭遇した冒険者は災難ね。ご愁傷様だわ」

「いや、ちゃんと生きてるからな？」

隣でエリシアが手を合わせるものだから、さすがに突っ込む。

「えっ？　もしかして、ミノタウロスと遭遇した冒険者ってルード……？」

「そうだ。ちなみにその時のレベルは7だった」

「……なんで生き残ってるの？」

まるでアンデッドでも見るような目を向けてくるエリシア。

「ミノタウロスの突進で迷宮の壁が壊れて奈落へ落ちたんだ」

いい機会なので俺は少し前にあった奈落での出来事をエリシアに語った。

誰も知らない迷宮の底に落ち、そこには並大抵の冒険者では太刀打ちすることのできない魔物が闊歩していたこと。

「なるほど。そんなことがあったのね」

「迷宮ではこういうことはあり得るものなのか？」

「迷宮だから無いとは言い切れないわ」

俺にとっては荒唐無稽の出来事だったが、エリシアがそう言うということは迷宮にはそれだけの力が秘められているのだろう。

「ねえ、一度そこに寄ってみてもいい？」

「わかった。案内する」

バフォメットが出現するのは十五階層だ。

俺がミノタウロスと遭遇した場所は通り道なので寄ることは何も問題はなかった。

そんなわけで俺とエリシアは四階層の事件現場へと向かう。

その途中で何度か魔物と遭遇したがレベルが一桁しかない魔物などまったく相手にならず、あっさりと撃退。俺とエリシアは四階層の事件現場にやってきた。

「この壁の先に奈落へ落ちる大穴があったのね？」

「ああ」

俺が頷くと、エリシアはペタペタと壁を触って確かめ始めた。

「どうだ？」

「……魔法的な仕掛けや罠は一切見当たらないわ」

「そうか」

ランカースにも奈落の存在をそれとなく示唆して調査を進めてもらったが、それらしい階層の存在は確認されなかった。魔法を放って実際に壁を壊してみても、奈落へ通じるような大穴はなかったとか。

「もしかすると、なにか条件を満たすと一度だけ入れるような隠し階層だったのかもしれないわね」

「そんな階層があるのか？」

「私も過去にパーティーで潜った時にそういう階層に入り込んだことがあってね。その時はとんでもなく強い階層主がいて、倒さないと出られなかったから大変だったわ」

「それは災難だったな」

階層主というのはその階層を守護する強力な魔物のことだ。

階層が深くなると、迷宮が侵入者を追いだそうとそういった魔物を配置してくる。

それが一階層ごとなのか五階層、十階層といった区切りなのかは、その迷宮によるとしか言えない。場合によっては最後の階層にだけ配置されている場合もある。

俺がよく潜っている瘴気迷宮では未だに階層主を目にしていないので、その辺りがちょっと怖い。

「もうちょっと調べたい気持ちはあるけど、もし奈落に入れちゃった時が怖いからやめておきましょう」

「そうだな。俺もあそこはこりごりだ」

全盛期のエリシアなら太刀打ちできるかもしれないが、今はレベルダウンした影響でかなりステータスが下がっている。あの時は奇跡が重なって生きて出られただけだ。今の俺たちの実力では奈落で生き残ることは難しいだろう。

「さて、私の好奇心も満たされたことだし、バフォメットのいる階層に向かいましょう」

「そうだな」

ハッキリとしたことは何もわからなかったが、俺たちは当初の目的通りに移動を再開することにした。

11話 バフォメットのヨモギスープ

アベリオ新迷宮の十階層を越えると、階層の通路はより複雑さを増した。

それに伴い遭遇する魔物のレベルや出現する頻度が上がったが、適性レベルよりも遥かに高い俺とエリシアの敵ではなく、あっという間に蹴散らして十五階層にやってきた。

十五階層になると通路の幅は広く、天井の高さも増していた。

「随分と広くなったな」

「全体的な階層の広さが増したのかもしれないわね」

アベリオ新迷宮が探索されているのは二十階層まで。ここ最近は到達階層の記録更新も緩やかになっているので、エリシアの言う通り階層自体が広くなっているのだろうな。

「灯りを用意するわね」

エリシアがそう言うと、彼女の周りにいくつもの明るい光が灯り出した。

その光はエリシアの周りを自由に動き回り始める。

「それも精霊か？」

「ええ、光精霊よ」

「シルフィードみたいに人型じゃないんだな」

風精霊であるシルフィードは少女の姿をしていたが、目の前に浮かんでいる光精霊はただの光球にしか見えない。

「すべての精霊が人の姿をしているわけじゃないわ。不定形な光だったり、動物の姿を模していたりと様々よ。あと、単純に人の姿を模せるのは力の強い精霊に限られるわ」

尋ねてみると、エリシアがスラスラと答えてくれる。

なるほど、シルフィードは風精霊の中でも力の強い個体だったということか。

「ルードにも灯りを出すわね」

「いや、俺には【暗視】があるから大丈夫だ」

「……それって暗闇でも昼間のように見えているってこと？」

「そうなる」

この薄暗い通路でも俺には昼間のように景色が見えているので、俺の視界を補佐してもらう必要はなかった。

「……ねえ、ルード。あなたがどんなスキルを持っているかを聞いてもいい？」

エリシアがこちらを窺うように聞いてくる。

冒険者において相手のスキルを尋ねるのは避けるべきこととされている。

己のユニークスキルやスキルは切り札となり得るため、多くの冒険者が仲間内であっても明かさないことが多いからだ。とはいえ、もちろん仲間の実力がわからなければ連携も信頼もできないためにある程度は明かすものだが、スキルの詳細をすべて話さなかったり、ぼかして伝えたりすることがほとんどだ。

俺は【鑑定】スキルを所持していることもあってエリシアの詳細なステータスやスキル構成を熟知しているが彼女はそうじゃない。

人間とは違った数多くの魔物スキルを所持している俺はエリシアにとって未知の存在で、どのようなことができるかわからない。それではこれからパーティーとして戦っていくには不便だな。

エリシアは俺のユニークスキルや魔物を喰らうことを知った上で仲間になってくれている。彼女になら何も隠すことはないか。

「いいぜ」

「ありがとう」

こくりと頷くと、エリシアは少し安堵のこもった嬉しそうな笑みを浮かべた。

「ただちょっと数が多いから俺のギルドカードを直接見てくれ」

ギルドカードを取り出し、レベルだけでなくステータスの数値やスキルなども閲覧できるように設定すると、そのままエリシアへカードを渡した。

「……わかってはいたけど、見たことのないスキルばかりね」

「ほとんどが魔物から獲得したスキルだからな」

人がよく所有しているスキルならともかく、魔物の所有しているスキルはそこまで詳細がわかっていないことが多い。

「Sランク冒険者や寿命の長いエルフでもこれだけの数のスキルは持っていないわね」

まあ、スキルの数だけなら世界でも屈指なのではないだろうか？

「ちょっとスキルがいくらあっても使いこなせなければ意味はないのでスキルの数を誇る趣味はない。

「ちょっとのスキルを書き出してもいいかしら？」

ちょっとのスキルなら脳で覚えろとなるが、これだけの数になるとすぐに記憶するのは難しい。

「いいけど、絶対に落としたりするなよ？」

「ええ、厳重に管理するわ」

メモ帳に書き記す作業が終わると、エリシアはギルドカードを返却してくれたので懐に仕舞った。

「よし、バフォメットを探すか」

「感知系のスキルがいくつかあるようだけど、それで探せるかしら？」

「ああ、まずは【音波感知】で探ってみる」

「……私には何も聞こえないけど音波を放っているのよね？」

スキルを発動させていると、エリシアが怪訝な顔をしながら聞いてくる。

聴覚が優れているエルフ族でも音波を捉えることはできないようだ。

「ああ、音波の振動や反響で情報を拾うことができる」

「便利ね」

「外みたいな開けたところだと精度が下がるけどな」

「音波が拡散するから拾える情報が少なくなるってわけね」

口数の少ない俺の説明でもエリシアは理解してくれたようだ。

細かい説明をするのはあんまり得意ではないので助かる。

「……少し先に大型の魔物がいるな」

「バフォメットかもしれないわね。行ってみましょう」

他に手がかりがあるわけでもないので、とりあえず俺たちは音波で掴んだ情報をもとに、大型の魔物の方に向かっていく。

すると、黒い翼を生やした大きな生き物が見えた。

周囲には魔物らしき骨と魔石の破片が散らばっており、今も何かを貪っているようだ。

エリシアの周囲にある光に気付いたのか、その生き物が振り返った。

山羊の頭に薄い白布を羽織った巨軀の魔物。

バフォメット
LV27
体力：122
筋力：88
頑強：95
魔力：132
精神：124
俊敏：76
スキル：【火魔法の理】【土魔法の理】【精神力強化（小）】【鋼爪】【魔力回復速度上昇（小）】

「バフォメットよ！」

俺が【鑑定】して情報を拾うのと、エリシアが声を上げるのは同時だった。

ソルジャーリザードと同じレベルにもかかわらず、ステータス値が違うのは魔物としてのポテンシャルが違うからだろう。

バフォメットは口元に滴る血を拭うと、こちらに金色の瞳を向けて不思議な声色の絶叫を上げた。

「どう？」

「エリシアの推測通り、魔法スキルを持ってる！」

【火魔法の理】と【土魔法の理】。それらの詳細を見ることはできないが、名称からして魔法能力に関するスキルに違いない。

「そう！　だったらルードのために倒さないとね！」

バフォメットの周囲に魔法陣が展開され、真っ赤な炎の槍が四つ出現。狙いを定めるように矛先がこちらを向くと、勢いよく射出された。

俺とエリシアは左右に飛び退いて反撃に移行。

大剣を抜いて駆け出すと、バフォメットが魔法陣を輝かせる。

二本の火槍をステップで回避して、そのまま斬りかかるとバフォメットの爪に阻まれた。

ステータスの数値ではこちらの方が上回っているが、【鋼爪】というスキルがなにかしらの補正を与えているのだろう。

そのまま力で押し込もうとすると、待機させていた魔法陣から二本の火槍が出現。

俺は慌てて鍔迫り合いをやめて、その場から後退。俺の立っていた場所に火槍が突き刺さって爆発する。

あれだけの至近距離に魔法を放てば術者にも被害がいくものだが、強靭な皮膚に守られているバフォメットには何のダメージもないようだ。

「ちっ、やりづれえな」

このバフォメットは魔法を攻撃用だけでなく、防御用にも待機させているほどに用意周到だ。

それでいて近接戦もできるというのだからやりづらくてしょうがない。

ゴブリンメイジやコボルドメイジといった魔物なんかは魔法の発動に時間がかかる上に、魔法一辺倒だから楽なんだけどな。

「魔法は私が処理するから任せて！」

どう攻め込もうか悩んでいると、後ろにいるエリシアが言った。

魔法を処理するというからには何らかの封じる手段があるのだろう。

魔法をエリシアに任せることにした俺は、もう一度バフォメットへと突っ込む。

バフォメットは先ほどと同じように魔法陣から火槍を飛ばしてくる。

すると、俺の後ろから飛んできた水槍が火槍と衝突して空中で爆発した。

バフォメットが待機させていた二本を射出させると、またしても水槍が衝突してきて無効化される。

振り返ると、後ろには杖を掲げて得意げな顔をしているエリシアがいた。

どうやらバフォメットの魔法に合わせて、反する属性魔法をぶつけているようだ。

バフォメットが苛立った様子で次なる魔法陣を輝かせる。先ほどと異なる魔法陣からは大量の礫が出現し、俺とエリシアを射貫かんと射出される。

「行って！」

エリシアの言葉を信じて、俺は押し寄せる礫に何の対策もせずに突っ込んだ。

すると、後ろから礫が射出された。

バフォメットによる礫の雨霰をことごとく相殺していく。

口にするのは簡単だが、それを実行するのはあまりに難易度が高いに違いない。

まさに神業だ。

あっさりと接近することができた俺は地面をしっかりと踏みしめて大剣をスイング。

バフォメットが慌てて爪を盾代わりにするが、俺の踏み込んだ一撃は爪ごとバフォメットの胴体を切り裂いた。

よろめきながら後退するバフォメットだが、その胸には既に二本の火槍が突き刺さっていた。

己の胸に刺さった火槍に信じられないとばかりの視線を向けながらバフォメットは仰向けに倒れ込んだ。

「えげつねえことするな」

「今のステータスでどこまで魔法を操れるか試してみたかったのよ」

バフォメットの魔法の威力に合わせて、寸分たがわない精度で魔法をぶつけていたのには、やはり意図があったようだ。

彼女の魔力と精神で相殺という結果なんてあり得ないだろうからな。

さすがは元Sランクの魔法使い。レベルが下がっても魔法の操作技術は健在のようだ。

とはいえ、同じ種類の魔法を使っていたことや、とどめの魔法に相手の得意とする魔法を使ったのは彼女の性格の悪さを表しているのかもしれない。

「なにか失礼なこと考えなかった？」

「気のせいだ」

エリシアに関する考え事をしていると何故か見抜かれる気がする。

【読心】スキルとか持っているんじゃないだろうかと思って【鑑定】してみたが、彼女にそんなスキルはなかった。不思議だ。

さて、バフォメットを倒したら調理だ。

「納品に必要なのは魔石と翼、爪ね」

「それ以外は自由に扱っていいってことだな」

「ルード以外の人からすれば肉なんかあっても意味はないけどね」

それもそうだ。普通の人は魔物の肉を食べられないからな。

「で、どうやって食べるの？」

「山羊といえば、スープ料理だろ？」

山羊料理なら何度か自分でも作って、食べたことがある。

「これを普通の山羊と呼んでいいのかは疑問だけどね」

ベースになっているのが山羊なんだ。山羊的な扱いで問題はないだろう。

今までもそんな感じで調理できたし、味も大体そんな感じだった。

というわけでマジックバッグから調理道具を取り出すと、血抜きしたバフォメットの解体にかかる。

毛皮を剝いで首にナイフを入れると、背中まで開いて内臓を取り除いていく。

体の構造は山羊と同じで胃袋が四つあった。興味深い。

胃袋は水袋に加工できるのできちんと採取しておこう。

内臓を取り除いて綺麗に水で洗い流すと、食べられそうな肉を選定して解体。

今回はバラ肉とモモ肉を使って調理してみることにする。

大きな鍋を用意すると、そこに水、料理酒、角切りにしたバフォメットの肉を入れて煮込んでいく。

「わっ、すごい灰汁」

「山羊は灰汁が強いからな。ちゃんと除去してやらねえと」

煮込んでいると灰汁が出てくるので鍋をしっかりと見ておいて除去する。

それを四十分ほど続けると、塩を加えて、さらに煮込む。

「あとは器によそって、ヨモギとショウガを加えれば完成だ」

「えっ！　それだけ？」

「山羊は旨みが強いからな。シンプルな味付けだけで十分だ」

シンプルな工程にエリシアが驚く中、俺はバフォメットのスープを飲む。

「どう？　美味しい？」

「ちょっと臭みがあるが美味いぞ！」

普通の山羊ほどではないが、バフォメットの肉にも少し臭みがあった。

「具体的にはどんな臭み？　山羊って食べたことがないのよ」

「少しの獣臭さと牛乳のような風味がある」

「……それって結構臭くない？」

「多少臭みがあるのには慣れているし、それを差し引いても美味いぞ。脂身にはしっかりとした甘さがあって、それがよくスープに溶け込んでる」

「へー」

農村部で出される処理の甘い肉料理などに比べると、バフォメットの獣臭さなど随分と優しいものだ。

エリシアが感嘆の声を漏らす中、モモ肉を頬張るとあっさりとした赤身のような旨みがあった。

脂身にはしつこさのようなものはなくて食べやすい。

一緒に入れたヨモギと食べ進めると、口の中がスッとして清涼感で満たされる。

さらにショウガと一緒に肉を食べると、これまた相性がいい。

匙がとても良く進む。

「にしても、ルードって本当に美味しそうに食べるわよね？」

二杯目を食べ進めていると、隣に座っているエリシアがこちらを見つめながら言ってくる。

食事をしている時の俺はそんなに幸せそうな顔をしているのだろうか？

「それだけ魔物は美味いんだ」

この美味しさをエリシアにも共有したいが、普通の人は魔物を食べることができない。

こんなにも美味しいものを食べられないなんて彼女はなんて残念なのだろう。

「……なんとなく言いたいことはわかるけど、哀れみの視線を向けるのはやめて」

俺の哀れみの心を悟られてしまったようでエリシアがイラッとした顔になる。

彼女がへそを曲げると食事中周囲の警戒を引き受けてくれなくなるので、大人しく食事を再開することにした。

バフォメットのスープを平らげた俺はステータスを確認してみる。

名前：ルード
種族：人間族
状態：通常
LV48
体力：244
筋力：204
頑強：164
魔力：156
精神：130
俊敏：151
ユニークスキル：【状態異常無効化】
スキル：【剣術】【体術】【咆哮】【戦斧術】【筋力強化（中）】【吸血】【音波感知】【熱源探査】【麻痺吐息】【操糸】【槍術】【隠密】【硬身】【棘皮】【強胃袋】【健康体】【威圧】【暗視】【敏捷強化（小）】【頑強強化（小）】【打撃耐性（小）】【気配遮断】【火炎】【火耐性（大）】【大剣術】【棍棒術】【纏雷】【遠見】【鑑定】【片手剣術】【指揮】【盾術】【肩代わり】【瘴気耐性（中）】【瞬歩】【毒液】【変温】【毒耐性（中）】【毒の鱗粉】【麻痺の鱗粉】【エアルスラッシュ】【火魔法の理】【土魔法の理】【精神力強化（小）】【鋼爪】【魔力回復速度上昇（小）】
属性魔法：【火属性】

バフォメットを倒したことでレベルが一つ上がっており、喰らったことにより所有していたスキルを獲得することに成功していた。

「おお！　魔法スキルが手に入ってる！」

「本当!?　なら早速使ってみて！」

魔法系のスキルということでエリシアも興味があるのだろう。翡翠色の瞳を爛々と輝かせる。

俺も魔法系スキルに強い憧れと興味があったので、早速とこの場で使ってみることにした。

きっとバフォメットのように火槍を生成して飛ばしたり、礫を雨のように射出することができるはず。

そんな期待を抱いてスキルを発動してみるも、俺の周囲には何も異変はなかった。

バフォメットのような火魔法や土魔法は発動しない。

「あれ？」

使い方が悪かったのか、それともイメージができていなかったのか。

首を傾げながらもバフォメットの発動していた魔法をイメージしてスキルを使ってみる。

しかし、どれだけ鮮明なイメージを浮かべようとも、それが現実となることはなかった。

「……あれれ？」

「どうしたのよ、ルード？」

「スキルが発動しねえ」

「なんで？」

「それが俺にもわからねえから困ってるんだ」

「今まで獲得したスキルが使えなかったことは？」

「今のところはねえな」

今までスキルを獲得した瞬間に使い方のようなものが本能的に理解できた。

このように使い方がわからないなんてことはなかった。

だから俺も驚いている。

「スキルを【鑑定】してみるのはどう？」

「そ、そうだな！」

エリシアの提案で俺は思い立つ。

わからないスキルも【鑑定】を使えば、どのようなものか教えてくれたので読み上げてみる。

【火魔法の理】……このスキルを所有するものは火魔法の扱い方を本能的に理解する」

「本能的に理解できるそうだけど？」

「いや、理解できねえんだけど？」

俺のスキルは理解できると言っているが、俺は理解できていない。

もはや、どういうことかわからない。

「わかったわ！　ルードがスキルを使えないわけが！」

「なんだ？」

尋ねると、エリシアがサッと視線を逸らした。

「私の口からはとても言えないわ。ルードの頭が魔法を理解できないほどに残念だなんて……」

「おい、ちゃんと言ってるな？　それもかなり酷いことを！」

俺が現実逃避して考えないようにしていたことを言いやがった。

「まあ、俺ってそもそも魔法は得意じゃねえし、エリシアの言ってる説があってるのかもな」

「ルードは火魔法が使えるのよね？」

「使えるとは言っても戦闘に使えるような威力は出ないし、魔力操作だってヘタだけどな……」

レベルが上がって、しょぼかった火魔法も使えるようになるんじゃないかって思ったけど、結局威力は変わらないままだし、俺には魔法の才能がないのかもしれないな。

「……もしかして、魔物のスキルで魔法を扱うには魔素の操作が必要なんじゃないかしら？」

しょんぼりと落ち込んでいると、エリシアが言った。

その至極真面目な表情からして先ほどのように俺をからかっているわけではないようだ。

「魔力じゃなくて魔素なのか？」

「魔物によって得られた魔法スキルなんだから、魔素を源にしているんじゃないかしら？」

魔物は生まれながらに魔力とは違う魔素を宿し、己の身体の強化や魔法などで使用する。

魔物から得られた魔法スキルが魔素を根源とするのも一理あるかもしれない。

「魔素ってどうやって使えばいいいんだ？」

「私に魔素は無いからわからないわ。でも、魔物を食べているルードなら体内に魔素があってもおかしくないと思う」

そう言われれば、その通りだ。

最初にミノタウロスを喰らった時に入り込んできた力の奔流……あれを体内から引っ張り出すイメージで火魔法を発動してみる。

すると、本能的に理解できた。

どのように魔素を操り、どのように魔法として顕現させるかを。

本能に従ってそれらを実行すると、俺の目の前には魔法陣が出現して火槍が生成されていた。

それを前方の壁目掛けて射出すると、火槍は壁に突き刺さった後に爆発し、壁を大きく抉った。

「できたぞ！」

「そうみたいね。おめでとう」

「ありがとう！　エリシアのお陰だ！」

エリシアの手を握ってブンブンと上下に振ると、彼女が苦笑する。

いい歳をした人間族の大人がはしゃいでいるせいで呆れているのかもしれない。

子供の頃から英雄譚を聞き、ずっと憧れていた力。

しかし、自分には才能がなく、ずっと使えないと思っていた。

それが急に使えるようになったら嬉しいと思うのは当然だ。

大人になっても嬉しいものは嬉しいんだ。

魔法が使えることに舞い上がった俺は、バフォメットの使っていた土魔法による礫も発動してみる。

他にもバフォメットが使っていた火槍だけでなく、一般的な魔法使いが使うような火球や火矢、火壁などの応用技を試し、成功することができた。

【火魔法の理】と【土魔法の理】のお陰である程度の魔法技術は獲得できたようだ。

ただし、火魔法と土魔法以外の属性魔法は使えず、エリシアのような精密な制御技術や高出力の魔法は発動できなかった。

これらのスキルはあくまで使い方を本能で理解できるだけで、エリシアのような超絶技巧技まで使えるわけではないらしい。

まあ、スキルといえどそこまで都合よくはないか。

「どう？　魔素の消費は？」

「身体からちょっと魔素がなくなる感じはするが、すぐに全部なくなる感じはしねえな。魔力と同じで時間が経過したら回復しそうだ」

「ということは、ルードの身体の中で魔素が馴染んでいるのね」

エリシアが興味深そうに顎に手を当てながら言う。

一時的な力ではなく、体内でしっかりと残留し蓄積しているということは、そういうことなのだろう。

「他にもルードの場合は魔物を食べたら、時間経過よりも早く魔素を回復することができそうね」

「確かにそうだな」

魔物を喰らうということは、魔物が宿している魔素をも喰らっているということだ。

食事をすることにより、より高い魔素回復効果を期待できるだろう。

そうなると。俺にとっては魔力を扱うよりも魔素を扱う方が効率のいい戦闘手段なのかもしれないな。

「なあ、魔素で魔法が発動できるってことは、魔素を利用すれば身体強化できたり、攻撃に活かせるんじゃねえか？」

人間族たちは体内にある魔力を全身に纏うことで肉体を強化したり、武器へ付与することで攻撃の威力を上げたり斬撃を飛ばしたりすることができる。

もしかしたら魔素でも同じことができるんじゃないだろうか。

「まあ、魔力と同じ原理だって考えればできそうね」

なんて会話をしていると、不意に通路の奥から新たなバフォメットが現れた。

「またバフォメットね」

先程倒したバフォメットの血の臭いや、俺の放った魔素に反応してやってきたのかもしれない。

「ここは俺にやらせてくれ。魔素の力を試してみたい」

バフォメットに魔法をぶつけてみたい気持ちもあるが、今はそれよりも魔素を使った近接戦闘に興味があった。

エリシアが後ろに下がったのを確認すると、俺は魔素を練り上げて身体と大剣に纏わせる。

バフォメットがこちらを睨みつけ魔法陣を展開した瞬間、俺は地面を蹴った。

すると、とんでもない推進力が得られ、視界がとんでもない速度で流れていく。

足元で爆発でも起きたのかなどと困惑するが、眼前には既にバフォメットの姿があった。

俺は慌てて大剣を振るった。

俺の振り下ろした一撃はバフォメットの肉体を縦に両断。

威力はそれだけにとどまらず、魔素による斬撃が通路を切り裂くように伸びていって最後に爆発を巻き起こした。

「とんでもない威力だったわね」

「あ、ああ」

呆然としているとエリシアがこちらに近寄ってきた。

「すごい出力だったけど、身体に異変はない？」

「ああ、大丈――」

大丈夫と答えようとしたところでガシャンッと何かが砕ける音がした。

音が発生した手元を見ると、俺の愛用していた大剣が砕け散っていた。

「膨大な魔素の力に耐えきれなかったのね。ここまで粉々になると修理するのも不可能だわ。元々の質も良くなかったみたいだし、これを機会に買い替えた方がいいわね」

「そうだな。元々奈落で魔物から奪ったただの武器だし……」

レベルが上がってステータスが上昇したせいか大剣の負荷はかなりのものだった。

戦う魔物のレベルも上昇し、戦闘も激しくなったせいか刀身の傷みも出ていた。

そんな状態で魔素を纏わせた一撃をぶっ放せば刀身が崩壊するのも無理はない。

とはいえ、使い込んでいた武器が砕けてしまうと、それはそれでショックだった。

所詮は魔物を倒すための武器とはいえ、ずっと使っていればそれなりに愛着も湧く。

戦斧ほどではないが、コイツも奈落で苦楽を共にした武器の一つだ。そう思えば、一層と愛着が湧いてしまうわけで……。

「い、依頼も達成しているし、今日はこの辺にしておきましょう！　武器は冒険者の命ともいえるものだし、壊れたらショックを受けるわよね！」

しょんぼりとしている俺の心中を察してくれたのか、エリシアが暗さを払うように明るい声音で言う。

別にまだまだ探索はできるが、大剣が砕けたことが思いのほかショックでどうにもやる気が出ない。

この日はエリシアの優しさに甘えて、仕事を切り上げることにした。

12話 呪いの剣

ランクDの冒険者であるマグナス、ロンド、リグルドたちは瘴気迷宮での討伐依頼を終えた。

思いのほか目的の魔物が見つからなかったために探索が長引いてしまい、安全な平野で野宿をしてからバロナへと帰還するつもりだ。

冒険者にとって一つの依頼が長引くことは嬉しくない。

時間が長引くことになれば、他の稼ぎのいい依頼が受けられなくなる上に、野宿をすれば薪や携帯食料などの物資も減ってしまう。

物資を消費すれば、それだけ依頼で稼いだ黒字が減ってしまうこととなる。

いつもなら探索時間が長引いてしまった時は悪態をついていた三人だが、今日はとても機嫌が良かった。

「にしても、今日はついてたなぁ！」

「ああ、まさか瘴気迷宮の七階層に隠し部屋があるなんてよ！」

「あの剣はかなりの値打ちものだぜ！　見たところ魔力が宿っていたしよぉ。魔道具、あるいは魔剣の類に違いねえ！」

「それが呪いの剣って可能性はねえか？」

「ないだろ？　呪いの剣だったら触った瞬間に呪われてる」

「それもそうか！」

「魔道具か魔剣ならオークションにかければ、当分は遊んで暮らせるな！」

「わざわざ命をかけてまで働く必要なんてねえからな。最近はルードの奴を見かけることが減って楽に稼ぐことができなくなってきたからよぉ」

「ったく、瘴気漁りのせいで俺たちまで割を食うハメになったぜ。帰ったら、あいつ締めとくか？」

「最近は超絶美人なエルフの姉ちゃんとつるんでるらしいぜ？」

「へえ、それは俺たちも是非お仲間に入れてもらわねえとなぁ？」

マグナスとリグルドが下種な会話をして盛り上がっているが、そんな中剣士のロンドだけが輪の中に入ってくることがなかった。

「おい、ロンド？　どうした？　今日はやけに静かじゃねえか？」

「美人エルフだぞ？　お前だって滾るだろ？」

マグナスとリグルドが茶化しながら話を振る。

こういった女絡みの下品な話はロンドの大好物だ。そんな話題にもかかわらず乗ってこないことに二人は少し心配していた。

「……ああ、悪い。どうも身体が怠くてなぁ」

ロンドは丸太に腰かけたまま怠そうに答えるだけで視線を向けることはない。

腕の隙間から覗く顔は青白く、マグナスとリグルドから見ても体調がよさそうには見えなかった。

「風邪か？」

「そうかもしれねえ」

「ったくしょうがねえな。今日の見張りはやんなくていい。俺とリグルドが交代してやっとくから寝てろ」

「……すまん」

いつもなら帰ったら娼館で奢るなどといった軽口を叩くロンドであるが、今日はまったくそのような余裕は見受けられない。

ロンドはふらついた足取りでテントへと戻る。

それから少し時間が経過した深夜。

(コロセ、コロセ、コロセ、コロセ、コロセ、コロセ、コロセ、コロセ)

剣を通じて、ロンドの脳内へと思念が流れ込んでくる。

瘴気迷宮で剣を拾ってからずっとだ。

剣を手から放しても、その怨嗟が途切れることはない。

強制的に思念を流されるこの感覚は不快でしかない。

「ああああああもう！　鬱陶しいんだよおッ！」

流れる怨嗟を振り払うように無我夢中で薙ぎ払うと、なにか分厚い肉と骨を切り裂いたような感触があった。

「あ？」

我に返ったロンドは自らがテントの中ではなく、外にいることに気付いた。

そして、足元には仲間である魔法使いのマグナスの首が転がり、胴体は焚火へと突っ込むように倒れ、焦げ臭いにおいを放っていた。

「お、おい？　マグナス？」

確かめるまでもなく死んでいる。

そして、自分の右手には瘴気迷宮の隠し部屋で手に入れた剣が血塗れている。

誰がマグナスに手をかけたかは明白だった。

「ろ、ロンド……？　お前、なんのつもりだよ？」

リグルドが警戒したように剣を抜いて、その切っ先をロンドへと向ける。

「ち、違う！　これは俺はやってない！」

「なに言ってやがるんだよ！　すぐ傍で見てたんだぞ!?　お前が急にやってきてマグナスの首を刎ねたところを！」

自分はそんなつもりじゃなかった。

などと述べるが、ロンドの右手には血塗れた剣があり、マグナスを殺す姿をリグルドに目撃されている。

言い訳をしても信じてもらえるはずがない。

「ち、違う！　お、俺は……俺はお前をコロス！」

現実を受け入れられずに頭を掻きむしったロンドの瞳には狂気の色が浮かんでいた。

「お前！　まさか、呪いの剣なのか!?」

常人とは思えない言動、豹変具合を目にしてリグルドはマグナスを切り捨てた剣は呪いの剣という可能性にたどり着いた。

しかし、今頃になって気付いたところで、リグルドにはどうすることもできない。

狂化状態によって身体能力を大幅に強化されたロンドの剣にリグルドは抗うことができず、なすすべもなく斬首遺体がもう一つ転がることになった。

「コロス、コロス、まだ足りない。喰い足りない」

呪いの剣を手にしたロンドは怨嗟の言葉を呟きながら夜道を歩き出す。

彼の進行方向には多くの人が暮らしている辺境都市バロナがあった。

13話　ドワーフの鍛冶師

バフォメットの討伐依頼を終えた翌朝。

俺とエリシアは『満腹亭』の食堂で朝食を摂っていた。

今日のメニューはミネストローネ、サラダ、ベーコンエッグ、焼き立てのパン。さらにマッシュポテトは食べ放題といった豪勢さだ。

お陰で俺と同じ冒険者や肉体労働者はマッシュポテトを山盛りにして食べている。

今日も満腹亭は安くて美味くてお腹いっぱいになれること間違い無しだな。

「なあ、聞いたか？　最近街で殺人が起きてるらしいぜ？」

「ああ、聞いた。昨夜は四人も死んだんだって？」

「今朝、衛兵からは六人だって聞いたわよ？」

「マジかよ。増えてるじゃねえか」

呑気に朝食を食べていると、食堂の雰囲気がなんだか物々しい。

客たちの会話に聞き耳を立ててみると、どうやら街で殺人事件が起きているようだ。

「街中で殺人だなんて物騒ね」

「そうだな。俺たちも気を付けよう」

「まあ、どんな奴か知らないけど私が遭遇したら魔法で一発だけどね」

「それもそうだな」

元Sランクであるエリシアをどうにかできる暴漢などこの街にはいないだろう。

とはいえ、街中に物騒な殺人犯がいることは確かなので警戒しておかないとな。

「今日はどうするの？」

「予定通り、大剣を探しに行こうと思う」

先日のバフォメット討伐依頼の際、俺は愛用していた大剣を壊してしまった。

サブ武器としてミノタウロスから手に入れた戦斧はあるが、やっぱりしっくりくる武器を手にしておきたい。

そんなわけで昨日話し合った結果、今日は仕事を休みにして買い出しに行くことにした。

「エリシアはどうするんだ？」

「私も身の回りのものが必要だし、ゆっくり買い物でもしようかなって」

「なら一緒に行くか？」

「女性の衣服屋だけじゃなく下着屋なんかも回るんだけど、ルードが気にしないならいいわよ」

「……遠慮しておく」

エリシアが気にしなくても俺が気にする。

そんな店に俺がついていって何ができるというのか。

「あら、残念」

俺を見ながらクスクスと笑うエリシア。完全にからかわれているな。

そんなわけで俺たちは食事を終えると、満腹亭の前で別れて別行動をすることになった。

なんだか一人で街中を歩くのは久しぶりだ。

エリシアが仲間に加わってからは基本的に二人で行動していた。

少し前までは一人が当たり前だったというのに人生何があるかわからないものだ。

感慨深く思いながら通りを南下していくと、多くの職人が商いや生活をする職人街となる。

通りでは多くの職人が自らの店を構えて、自慢の武具や革細工、ガラス細工、食器などの商品を売っていた。

それらを求めて冒険者や傭兵、旅人といった職業の者たちが集まって吟味している。

他の区画に比べると、少し泥臭い印象の区画であるが、俺はこの雰囲気が好きだった。

賑やかな通りを抜けて、小さな路地を曲がっていくと石造りの建物が見えた。

『鉱人の槌』と書かれた看板が吊るされているのは歴とした工房だ。

木製の扉を開けて入ると、薄暗い石造りの室内には見事な武具の数々が並んでいた。

しかし、肝心の店主はいない。

視線を巡らせていると、奥の部屋から鉄を打ち付ける音が響いていた。

チラリと覗き込むと、そこには褐色の肌をした背丈の小さな男が槌を振るっている。

どうやら作業中だったらしい。

彼は一度作業に集中すると、どんなことがあっても中断はしない。

なら一区切りつくまで待っておくことにしよう。

「なんだルード。来ていたのなら声をかけろ」

しばらく店内にある武器を眺めながら待っていると、作業部屋から男が出てきた。

その身長は俺の腰くらいしかなく、口元を覆うような髭が生えている。

彼はドエム。

ドワーフと呼ばれる、鍛冶や細工といったモノづくりが得意な種族だ。

彼には昔からお世話になっており、武器を買う時や修理をする時はいつもここを利用させてもらっている。

「ドエムのおっさんは、集中していたら声をかけても無駄だろ？」

「そうか？」

「そうなんだよ」

「まあ、そんなことはどうでもいい。にしても、お前さん……変わったな」

俺の身体をしげしげと観察しながらドエムが言った。

恐らく彼が言っているのは見た目の変化ではない。俺の冒険者としての力量についてだ。

「……わかるのか？」

「当たり前だ。こちとら何年世話してやってると思ってる。この短期間で何があった？　前とは明らかに別人だぞ？」

ドエムには俺のレベルの変化はお見通しのようだった。

魔物を喰らうことについては信頼した人にしか言わないと決めているが、長年の付き合いであるドエムになら話してもいいだろう。

そう思って俺は新迷宮でのこと、魔物を喰らうようになったことを話した。

「なるほど。ルードの地味なユニークスキルにそんな使い方があったとはな……」

「魔物を食べるって聞いても、おっさんは引かないんだな？」

「フン、動物も魔物も美味く食えりゃ別にいいだろ。人がなに食べていようがどうでもいいわい」

「やっぱり、おっさんはいい意味で無頓着だな」

魔物を喰らうと聞いて、そんな風に言ってくれる人は中々いないと思う。

彼の大雑把さが心地いい。

「それよりも今日の用件を話せ」

「頑丈な大剣がほしい」

「金はあるのか？」

「予算なら百万レギンほどある」

強くなってコツコツと貯めていたお陰で俺の懐には余裕ができていた。

これくらいの金額であれば、武器に使っても問題はない。

「ほお、ルードの癖にえらく金持ちじゃねえか。その金額ならそこの壁にかけてあるやつがいいだろう」

ドエムに言われて、俺は壁にかかっている大剣を物色する。

派手さはなく、どちらかというと無骨とも呼べるような見た目だが、刀身を見ただけでしっかりと鍛え上げられていることがわかる。

前に使っていた大剣よりも遥かに頑丈でよく斬れるだろう。

今までの俺なら金銭的な意味でも技量的な意味でも手が出なかった代物だ。

「ちょっと外で振ってみてもいいか？」

「好きにしろ」

工房の裏庭へと出て、俺は大剣を振ってみる。

「どうだ？」

「……うーん、おっさん。これじゃ壊れる気がする」

「はあ？　壊れるだ？　その大剣はエルディライト鉱石っつうクソ硬い鉱石で加工してるんだぞ？　魔力の親和性が高く、その辺の魔物だってぶった斬るっつうの」

「うーん、でもなぁ」

なんとなくだが俺の魔素を込めた一撃には耐えられない気がする。

「どんだけ強くなったか知らねえが、随分とワシの作った武器をバカにしてくれるじゃねえか！　そこまで言うんなら壊してみやがれってんだ！」

「え？　いいのか？」

「ああ、ドワーフに二言はねえ！」

ドエムが壊してもいいと言うなら遠慮はいらない。

俺は大剣に魔素を纏わせることにした。

まだ魔素の扱いに慣れていないために馴染みのない武器に纏わせるのは時間が少しかかるが問題ない。

なんか後ろでドエムが焦ったような声を上げていたが、俺は気にせず的となる大きな岩があったので思いっきり大剣を叩きつけた。

すると、俺の大剣を纏っていた魔素の力が解放され、大きな岩が真っ二つになる。内部に込められた荒れ狂う魔素が爆発し、両断された岩は派手に砕けた。

大剣を持ち上げるとやけに軽いことに気付く。

ふと視線を落とすと手元には柄だけしかなく、刀身らしきものが砕け散っていた。

「やっぱり壊れた」

ドエムに頑丈だと言われたが、魔素を込めたらなんとなくこうなる気がしていたんだ。

「なんだその力は!?　大剣に何の力を込めた!?」

粉々になった刀身をあーあと思いながら見つめていると、ドエムが驚きと興奮の入り交じった声で叫ぶ。

「魔素だ」

「バカ野郎！　そんな力を込めたらいくらエルディライト鉱石で加工した剣でも壊れるに決まってるわ！　早く言え！」

いや、言うよりも前におっさんがブチ切れて壊してみろとか言うから……それでも買ってもないものを壊してしまったのはいけないことだ。

「……すまん」

「はぁ、壊れちまったもんは仕方ねえ。ワシの見る目と技量が足りなかっただけだ」

謝るとドエムは気持ちを落ち着けるように息を吐いてからそう言った。

「お前さんが言う頑丈な大剣っていうのは、魔素を込めた一撃にも耐えられるものってことだな？」

「ああ、そういうことだ」

「うちでもそんなものは置いてねえな。研究も含めて作るのに時間がかかる」

「なら悪いが作ってみてくれねえか？」

「わかってるじゃねえか」

着手金となる百万レギンを渡すと、ドエムはニヤリと笑みを浮かべて受け取った。

「なにか必要な素材とかあるか？」

「良質な魔石があると助かる」

「それならいくつかあるから渡すぜ」

俺はマジックバッグから瘴気迷宮やアベリオ新迷宮などで手に入れた魔石を取り出してドエムに渡した。

「ジェネラルリザード、バフォメット、それにミノタウロスの魔石か……随分と腕を上げたもんだ

な」

「まあな」

長年、武具の世話をしてもらっただけに成果を褒めてもらえると照れくさい。

だけど、悪くない気分だ。

「他に必要な素材はあるか？」

「その時になったらまた頼む」

「わかった」

「出来上がるまで武器無しっていうのも困るだろう。それまではこの大剣を使っておけ」

「助かる」

ドエムが工房から一本の大剣を取ってきてこちらに渡してくる。

先ほどと同じくエルディライト鉱石を加工した大剣だ。

「魔素は込めるなよ。込めると壊れる」

「ああ」

「壊したら今度は代金を払ってもらうからな？」

「わかった！」

念を押すように言ってくるドエムの言葉にしっかりと頷くと、彼は魔石を手にして工房へと引っ込んだ。

ドエムの工房で発注をし、繋ぎとなる大剣を借りた俺は、そのまま街をうろついていた。

ここ最近は迷宮探索やランクアップのための依頼達成に勤しんでいたせいか、ゆっくりと街を回る時間がなかったし今日は休みだ。思う存分に街を見て回ろう。

魔物を食べるようになって調理をする回数が各段に増えたせいか、ここ最近気になるのは調理道具や香辛料、食材といったものだ。

市場のそういったエリアを歩いていると声をかけられる。

「お兄さん、最近流行りのピーラーはいかがかい？」

店員が手に持っているのはYの字になった小さな道具らしきもの。

流行りと言われても、そういったものに疎い俺には使い道がわからない。

「ピーラー？　なにに使うんだ？」

「よく聞いてくれたね！　用途は食材の皮を薄く剝くことさ！　たとえばジャガイモのような包丁で皮を剝きにくい食材もピーラーにかかれば……ほら！」

店員はジャガイモを取り出すと、そのままピーラーとやらを押し当ててスルスルと皮を剝いてみせた。

恐らく、ピーラーとやらには刃がついているのだろう。

それがジャガイモの表面を削り、薄い皮だけを取り除いているみたいだ。

「すげえ！　めちゃくちゃ便利じゃねえか！」

「でしょう⁉　包丁の扱いが苦手な人でも早く綺麗に皮を剝くことができるので家庭でも人気なんです」

「いくらだ？」

「お一つ八百レギンになります」

「買った！」

八百レギンを差し出すと、店主は笑顔でピーラーを差し出してくれた。

今までは包丁を使って皮を剝いていたが、ピーラーがあれば早く綺麗に皮が剝ける。

探索中の調理時間を減らせるのは素晴らしいことだ。調理時間の短縮は探索の効率や安全性の向上につながるからな。

マジックバッグがあることだし、ピーラーで下処理をした食材を持ち込むのもアリかもしれないな。

他にも調理道具だけじゃなく、露店を巡って珍しい香辛料なども買い集めてみる。

懐がそれなりに潤っているからか、以前は高くて手が出せなかった品物が気軽に買えて嬉しい。

そんな風に露店を練り歩いていると、やや古ぼけた内装をしている本屋が目に入った。

ここ最近は料理をする機会が増えたことだし、レシピ本とか探してみるか。

本屋に入ると、カウンターに座っている老人に三万レギンを渡してマジックバッグを差し出す。

本は高級品だ。

ひとつひとつが手作業なので書き写すにしてもかかる費用が膨大だ。

万が一にも盗まれてしまうと商売上がったりなので、こうやって最初にお金を預け、盗難できそうなバッグなども預けておくのがルールとなっている。

ちなみに預り金などは店を出る時にきちんと返却してくれるので問題ない。

手ぶらになった俺は本棚が大量に設置されている店内を歩く。

ここの店主はきちんとジャンルごとに書物を管理しているらしく、表記されている札に従って移動すればすぐに目当てとなる料理関係の本を見つけることができた。

そこには普通の家庭料理のレシピや、そこらにある植物、木の実、果物などの調理法を記したもの、レストランなどで提供される高級料理のレシピなどもあった。

軽く内容を確認し、必要になりそうなものはすべて買うことにする。

料理人でもない俺の知識だけでは美味しい料理を作るのに限界があるからな。

先人の知恵を借りて、もっと美味しい料理を作れるようになろう。

そんな風にせっせとレシピ本を集めていると、気になるタイトルの本を見つけた。

「……『魔物喰らいのイータ伯爵』？」

もしかして、俺と同じように魔物を調理して食べていた人がいるんだろうか。

気になってページをめくってみると、そこにはオーク、ウルフ、ゴブリン、スライムなどといった魔物の解体の仕方や、美味しく食べるための調理技術が書かれていた。

かなり詳細だ。どこの筋を切ればいいか、どこの内臓が食べられるか、どのように下処理をすれば美味しく味わえるかが丁寧に書かれている。

その緻密な描写や多大な情報量からこの手記を書いた者は、俺と同じように魔物を食べたことがあるのだとわかった。

「す、すげえ」

俺以外に魔物を食べられる人がいたのか。

同類を見つけたことに感動を覚えながらパラパラとページをめくっていく。

それぞれの魔物ごとに違った下処理があって面白い。

「それは魔物を調理して喰うことに生涯を懸けた貴族の手記だ」

「うおっ!?」

夢中になって見ていると、後ろから店主が声をかけてきた。

影による凹凸で妙な迫力が出ていて怖い。

「好奇心で読むには面白いが、絶対に真似をするんじゃないぞ。その貴族のような最期になりたくなければな」

「この貴族の最期?」

問い返すも店主は背中を向けてしまって答えてはくれない。

最後のページを確認してみると、この手記を書いたイータ伯爵の末路が書かれている。

どうやらイータ伯爵はスキルによってある程度の耐性があったが、魔化状態を食い止めることはできずに暴走。

家族や領民を喰い殺し、最期は醜い魔物へと成り果てて国に派遣された騎士団に討伐されたようだ。

そして、ページの最後にはいかに魔物食が野蛮で危険かを啓発するような文章で締めくくられていた。

「……まじか」

せっかく同類を見つけたと思ったのだが、残念ながらイータ伯爵は既に不幸な形でこの世を去ってしまったらしい。

魔物を喰らうことのできる俺にとってはかなり有益な手記だというのに非常に残念だ。

この世を去ったとはいえ、イータ伯爵の知識は俺にとって役立つものばかりだ。

彼の記した知識は俺が引き継いで有効利用させてもらおう。

家庭料理のレシピ本、食材図鑑、魔物喰らいのイータ伯爵の本を購入すると、預り金とマジックバッグを返してもらって本屋を出ることにした。

本屋を出ると、既に空が茜色に染まっていた。

夢中になって本を物色していたせいで結構な時間が過ぎてしまったようだ。

「あっ」

満腹亭に戻るために通りを歩き出すと、ちょうど視線の先にはエリシアがいた。

「その感じからしていい剣が見つかった？」

　こちらに寄ってきたエリシアの視線が背中にある大剣へと向かう。

「これは間に合わせに借りてるやつだ。普通の剣じゃ魔素に耐えられないから新しく作ってもらうことになった」

「……事情を話したの？」

「長年の付き合いのあるドワーフのおっさんだ。良くも悪くもそういうことには無頓着だ」

「ああ、ドワーフなら面白がって作ってくれそうね。魔力ならともかく、魔素の使用に耐えられる剣なんて頼む人もいないでしょうし」

　軽く事情を説明すると、エリシアは納得したように頷いた。

「そっちはいい買い物ができたか？」

「ええ、お陰様で身の回りのものも揃ったし、街の大体の地形なんかも把握できたわ」

　エリシアは長い間逃亡生活をしていたせいで物資の補充がままならなかったが、ゆっくりと時間がとれたことによってしっかりと補充することができたようだ。

　互いにゆっくりとした充実した一日が過ごせたようで何よりだな。

「せっかくだし今日はこのまま外で食べない？」

「いいぜ」

　こうやって外で出会ったのならいつもの満腹亭ではなく、街の中にある店で夕食を摂るのも悪くない。

「食べたいものとかあるか？」

「山羊料理のお店！」

「やけに具体的だな？」

　肉や魚、野菜を食べたいと言われることはあっても、ここまで具体的に言われることは少ないと思う。

「ルードの食べていたバフォメットが美味しそうだったから食べたくなったの！」

「なるほどな」

「ある？」

「確かこの通りに山羊と羊肉を扱う店があったはずだ。そこでいいか？」

　宿泊者たちの会話でそういう店があると聞いた。

　俺は行ったことはないが美味しいらしい。

「ええ、お願い！」

　エリシアが頷いたのを確認すると、俺は記憶を頼りに目的の店へ移動するのだった。

14話 呪いを無効化

気が付くとすっかりと夜の帳が下りており、魔道具による街灯が通りを照らしていた。

ヒンヤリとした空気が肌を撫でて、火照った身体を冷ましてくれるようで心地いい。

「はぁー、美味しかった」

「そうだな」

店を出るなりエリシアが満足そうな息を漏らす。

お店で提供された山羊の煮込み料理はしっかりと下処理がされているお陰で臭みもなく、肉もとても柔らかかった。

ラムチョップも羊特有の臭いもなく、柔らかくジューシーな食感で脂身も適度にあって旨みが強かった。

接客も悪くなかったし、評判通りの満足できる店だと言っていいだろう。

「ルードはあんまり美味しくなかった？」

エリシアの問いかけに少しドキッとした。

「そんなことはねえよ」

「でも、魔物を食べている時に比べると、そこまで満足しているようには見えないわ」

魔物を食べている時と、普通の料理を食べている時の俺の表情はそんなに違うものなのだろうか。

自分ではそこまで露骨な態度をしているわけじゃないが、エリシアにこのようなことを尋ねられるということはそう見えてしまっているのだろう。

だとしたら変に誤魔化す意味もないな。

「まあ、魔物料理に比べるとちょっと物足りないってのが本音ではある」

「へー、そこまで魔物って美味しいんだ」

「俺にとってはな。とはいえ、普通の料理も美味しく感じないわけじゃねえし、気にしなくてもいいぞ」

「本当に？　無理してない？　実はずっと魔物が食べたくて堪らない衝動に駆られていたりしない？」

「そんな衝動はねえよ。本当に無理はしてねえから気にするな」

「そう？　ならいいんだけど」

きっぱりと告げると、エリシアは心配の色を引っ込めて笑った。

そのまま通りを進んで満腹亭へと帰路につくと、前方から女性の悲鳴のようなものが上がった。

街中では滅多に聞くことのない尋常ではない声。

気になって近寄ってみると、そこには満腹亭の看板娘であるアイラが尻もちをついていた。

「どうした!?」

「ルードさん！　助けて！」

知り合いだったので声をかけると、アイラはすぐにこちらに駆け寄ってきて背後へと回る。

「なにがどうしたっていうんだ？」

「知らない冒険者が剣を持って追いかけてくるの！　ほら、あそこ！」

怯えながらアイラが指さした先には、藍色の髪に皮鎧を纏った男性がいた。

「うん？　あいつは……」

その姿には見覚えがある。

瘴気迷宮で俺の後をつけて瘴気草を横取りしてきた三人組冒険者の一人だ。

確か名前はロンドだったか？

「もしかして、ルードの知り合い？」

「顔と名前は知ってるが、知り合いじゃねえな」

あんな奴等と知り合いだと思われたくないのでキッパリと否定しておく。

しかし、見たところ一人のようだな？　残りの二人はどこにいったのやら。

不思議に思いながら観察していると、ロンドの両目には赤い光が宿っており、右手には赤黒いオーラを纏った剣を手にしていた。

「……ねえ、彼の右手にあるのって呪いの剣よね？」

「呪いの剣だな」

ロンドの手に握られた禍々しい剣を見れば、間違いなく呪いの剣だとわかる。

彼の持っている剣はそれほどに禍々しい力を放っていた。

名前：ロンド
種族：人間族
状態：狂化状態
LV22
体力：166（78）
筋力：146（73）
頑強：122（66）
魔力：115（57）
精神：95　（47）
俊敏：132（66）
スキル：【剣術】【盾術】【詐術】【脅迫】【隠密】【ピッキング】
属性魔法：【風属性】【土属性】

「……狂化状態になってやがるな。ステータスがかなり上がってる」

念のために【鑑定】してみると、ばっちりと呪いの剣に蝕まれていた。

そのせいでステータスが軒並み上がっており、俺の数値に迫るような勢いだ。

狂化状態になると身体能力がかなり引き上げられると聞いていたが、ここまでとは思わなかった。

「そう。だとしたら殺すつもりでかからないと」

「一応、肩代わりできるか試してはみる」

「それで無力化できるなら一番だけど無理はしないでね」

この様子から見るに食堂で噂されてた殺人事件の犯人で間違いない。

こんな夜中に街中で血塗れの剣を持って人を襲っているのだ。もはや、言い逃れはできない。

放置しておけば、市民が次々と被害に遭うだろうし、またアイラが狙われるかもしれない。

アイラにはいつもお世話になっているんだ。こんなところで殺させるわけにはいかない。

俺も覚悟を決めるようにドエムから借りた大剣を抜いて構える。

「アイラは逃げてくれ」

「で、でも！」

「こういう時に身体を張るのが冒険者ってやつだ」

「そうよ。ここは私たちに任せなさい」

俺とエリシアがそう言うと、アイラはこくこくと頷いてこの場を離れてくれた。

「コロスッ！」

アイラが走り出すと、それを狙うようにしてロンドが突っ込んでくる。

勿論、させるわけがない。割り込むようにして大剣を振るった。

「アアッ!?」

剣を盾にするようにして俺の一撃を防ぐと、ロンドはギラついた瞳をこちらに向ける。

今の攻撃で完全にターゲットは俺たちに移ったようだ。それでいい。

「シルフィード！」

エリシアが風精霊であるシルフィードを呼び出す。

エリシアがロンドを指さすと、彼女の意を汲んだシルフィードが宙に浮かび上がって風の刃を放った。

さすがのロンドも膨大な魔力のこもった範囲魔法を回避することができず、あっさりと風の乱舞に呑み込まれる。

「これで終わりね」

「いや、まだだ！」

土煙が舞い上がる中で俺の【熱源探査】はしっかりとロンドを捉えていた。

土煙の中からロンドが飛び出してくる。

驚いたのはその速さ。先ほど俺と剣を合わせた時に比べると、動きが遥かに速い。

戸惑いながらも俺は大剣を正面に構えて防いだ。

あまりの衝撃に大剣を落としてしまいそうになったが、必死に力を込めて堪える。

「……なんだこいつ？　さっきよりも速いだけじゃなく、パワーまで増してるぞ？」

狂化状態によってステータスが大幅に引き上げられているとはいえ、こいつのステータスは俺よりも低かったはず。それなのにどうして俺の方が力負けしそうになっているんだ？

「直撃したのに無傷!?」

エリシアの放った精霊魔法はかなりの威力を秘めており、直撃すればただで済むはずがない。

しかし、目の前にいるロンドは五体満足で、かすり傷一つ負っている様子はなかった。

明らかにおかしい。

名前：ロンド
種族：人間族
状態：狂化状態
LV22
体力：226（78）
筋力：186（73）
頑強：146（66）
魔力：135（57）
精神：125　（47）
俊敏：162（66）
スキル：【剣術】【盾術】【詐術】【脅迫】【隠密】【ピッキング】
属性魔法：【風属性】【土属性】

念のために【鑑定】をしてみると、ロンドのステータスが急激に上昇していた。

ロンドに特別なユニークスキルやスキルはない。

他に要因があるとすれば、右手に握られている呪いの剣しかないだろう。

呪いの剣に【鑑定】して能力を見抜きたいが、スキルが弾かれてしまって暴くことができない。

だったら直接確かめてみるしかない。

「エリシア、もう一度魔法を放ってくれ。ただし威力はかなり弱めたもので頼む」

「わかったわ！　風刃！」

エリシアが加減した風魔法を放つと、ロンドはそれを避けることはせず呪いの剣を掲げた。

すると、射出された風刃は掲げられた呪いの剣に吸い込まれた。

「あの剣は魔法を無効化するのね！」

「それだけじゃなく、取り込んだ魔力を一時的に自分の力にできるみてえだ」

再び【鑑定】してみると、魔法を吸収してロンドのステータスが僅かにだが上がっていた。

「というわけで、悪いが魔法は無しで頼む」

エリシアが魔法を撃ち込むと、魔法を吸収してさらに強くなり、相手をするのが非常に厳しくなってしまう。

「そうした方が賢明ね」

エリシアがシルフィードを引っ込めると、ロンドがエリシア目掛けて距離を詰めていく。

魔法使い故に相性がいいと判断したのだろう。

マズい。さすがのエリシアでも接近戦になると分が悪い。

慌てて走り出すが既にエリシアはロンドの間合いに入っている、間に合わない。

どうにか上手く躱してくれと願っていると、エリシアは腰を低くして杖を構え、ロンドの正面からの振り下ろしを滑らかな動きで回避。それと同時に下からすくいあげるように顎を強打。

「グガッ!?」

エリシアはすぐに杖を引くと、ロンドの顔面へと強烈な突きを放つ。

痛烈な二連撃。普通の人間であれば悶絶して動けなくなるところだが、狂化状態に陥っていることで痛覚が鈍くなっているのかロンドは悶絶することなく無理矢理に剣を振りかぶる。

だが、それよりもエリシアの杖による突きの方が早く届いた。

「ガッ！」

杖の方が剣よりもリーチが長いからだ。

みぞおちを突かれて身体をくの字に折ったロンドにエリシアは接近すると右手をかざして風弾を撃ち込んだ。

ゼロ距離での魔法を受け、錐揉みしながら吹き飛んでいくロンド。

「剣に吸収されなければ魔法は通るみたいね」

「というか近接戦もできるんだな」

「近づかれたら終わりの魔法使いなんてお荷物でしかないもの」

さすがは元Sランク冒険者。そこらにいる魔法使いみたいな欠点は残していないようだ。

体捌きからして近接戦も俺より強そうな気がする。

今度、エリシアに稽古でもつけてもらおうかな。

なんてどうでもいいことは頭の隅に追いやっておくとして、吹き飛ばされたロンドがゆったりと起き上がる。

「まだ立ち上がるのか」

エリシアの杖で強打されたせいか鼻は骨折しており、魔法の直撃のせいか皮鎧は大きく破損して赤く染まっていた。まともな人間なら戦闘を継続することは難しい状態だが、ロンドは気にした様子もなく立ち上がる。

そして、右手にある呪いの剣が赤黒く光ると、ロンドの身体を包み込むように光が流れる。

光がなくなる頃にはロンドの折れてしまった鼻は元の位置に戻り、裂傷を刻んでいた腹部が綺麗な皮膚を覗かせた。

「傷が元に戻りやがった！」

「どうやら吸収した魔力を利用して治癒することもできるみたいね。魔法使い殺しもいいところだわ」

まともな魔法使いが遭遇してしまえば、魔法を吸収され、強化されたステータスによって嬲り殺されるだろう。

呪いの剣を持った者を目にするのは初めてだが、ここまで凶悪だとは思わなかった。

長期戦になると不利になるのはこちらかもしれない。

早めに決着をつけるために俺は【纏雷】を発動して、ロンドへと斬りかかる。

それに対してロンドは構えた様子もなく、呪いの剣に翡翠色の光を纏わせると虚空で振るった。

すると、風刃の嵐がこちらに向かって襲いかかってきた。

最初にシルフィードの放った魔法だと直感でわかった。

「土壁《シールドアース》」

回避は不可能だと判断して俺はバフォメットから手に入れた魔法スキルを発動。

土魔法による五枚の土壁を前方に展開。

しかし、シルフィードの放った精霊魔法だとすれば、俺の魔法では完全に防ぐことはできない。

だが、それでもいい。

奴の気を引いて、俺がスキルを発動するための時間を稼ぐことができれば十分だ。

土壁が魔法を防いでいる間に俺は【瞬歩】を発動。

これは奈落にいる魔物から手に入れたスキルであり、瞬間的に爆発的な加速を得ることができる。

【瞬歩】の発動によって加速した俺はロンドの後ろへと回り、身体に触れることで【肩代わり】を発動した。

あらゆる状態異常を肩代わりすることのできるこのスキルであれば、ロンドの狂化を引き受けることで救えるかもしれない。

しかし、俺のスキルは弾かれた。

なぜかはわからないが、エリシアの時のように無効化することはできないと悟った。

遅れながら俺の存在に気付いたロンドが、勢いよく剣を振りかぶってくる。

咄嗟に俺はロンドの剣を回避し、そのまま首を刎ねた。

ロンドの首から血しぶきが舞い上がり、胴体が力なく地面に倒れ伏す。

「お疲れ様」

「ああ」

地面に落ちているロンドの生首は、死してなお殺意を孕んだ凶悪な顔のままだった。

「肩代わりはできなかったの？」

「なぜか弾かれた。ロンドに拒絶されたのか、剣によって拒絶されたのかはわからねえが……」

自分よりも弱いものを恐喝したり、罵ったりとロクでもない奴ではあったが、できれば救ってやりたかったな。

「あまり気にしない方がいいわ」

「ああ」

狂化状態に陥った者を元に戻すには高名な聖職者か、稀少な解呪スキルを持った者が必要だ。

そんな者たちはこの街にいないし、いたとしても呼び寄せるまで時間がかかってしまって現実的ではない。故に狂化状態になってしまったものは討伐し、無力化するのが救いというものだ。

正当防衛であるが故にそれは法律でも認められており、非難されることはない。

わかってはいても気持ちがスッキリとはしないものだ。

ロンドの首から視線を逸らすと、禍々しいオーラを放った呪いの剣が視界に入る。

「……俺なら持っても問題はないな」

「そうでしょうけど」

エリシアが若干嫌そうな顔で返答する。

「大丈夫だ。俺にはユニークスキルがある」

「わかってても不安なんだけど……」

それもそうだ。ついさっきまで剣に呪われた奴が暴れていたのだから。

「でも、さっきの能力見ただろ？　呪いの武器を使いこなせるようになれば、もっと強くなれる気がするんだ」

【状態異常無効化】がある俺ならば狂化状態になることがない。

ということは、呪いの武器をリスク無しで扱えるということになる。

これは俺のユニークスキルを活かした強みになると考えている。

「本当に頼むわよ？　呪われたら知らないからね？」

抱きかかえるように杖を持ってエリシアが警戒する中、俺は呪いの剣を持ってみる。

すると、剣を通じて頭の中に怨嗟の声が轟いた。

コロセだのニクイだのクラエだの煩いことこの上ない。

剣を通じて赤黒いオーラが身体に流れ込んでくるが、俺のユニークスキルが無効化した。

「うるせえよ」

あまりにも怨嗟の声が鬱陶しいので止めるように言うと、ピタリとそれが止まった。

「ルード、大丈夫なの？」

「ああ、大丈夫だ。ユニークスキルで無効化できたみてえだ」

おそるおそるエリシアが声をかけてくるので、俺は剣をマジックバッグへと仕舞った。

平気であることをアピールするために笑みを浮かべると、エリシアは心底ホッとしたように息を吐いた。

「ルードさん！　エリシアさん、無事ですか!?」

なんてやり取りをしていると、遠くからアイラが駆け寄ってくる。

どうやら避難したアイラが増援を呼んでくれたらしく、後ろにはランカースをはじめとした職員や冒険者たちがいた。

「この状況を放置して帰るっていうのはできねえよな？」

「無理ね」

ちょっとした休日のはずが思わぬ騒ぎに巻き込まれてしまったものだ。


翌朝。宿の寝室で身支度を整え終えると、扉がノックされた。

返事すると、扉が開かれてエリシアがそっとこちらを覗いてくる。

「……なにしてんだ？」

「意識はちゃんとある？　呪われてない？」

「呪われてねえよ」

呪いの剣を手にした昨晩からエリシアはずっとこの調子だ。

ことあるごとにこのような質問を投げかけては体調の確認をしてくる。

「本当の本当に？　急に錯乱して後ろから斬りかかってこないでね？」

「大丈夫だっての。深淵の魔物の呪いすら無効化したユニークスキルを信じろ」

「そう言われると大丈夫そうな気がするわね……うん」

なんて言うと、エリシアは不安そうな表情を引っ込めた。

深淵の魔物の呪いに対する信頼なのか、俺のユニークスキルに対する信頼なのかがわからないな。

まあ、ことあるごとに心配の言葉を投げかけられなくなったので良しとしよう。

朝食を摂るために階段を下りていくと、今日も満腹亭の食堂は賑わっていた。

席と席の間を縫うように移動して空いている端の席に腰を下ろすと、髪を揺らしてアイラがやってきた。

「昨夜は危ないところを助けてくださってありがとうございます！」

「気にすんな。冒険者として当然のことをしたまでだ」

「アイラちゃんが無事でよかったわ」

既に昨夜に礼を告げられていたが、翌朝になっても礼を言ってくれるとは律儀な子だ。

「呪われた冒険者を倒しちゃうなんて、さすがエリシアさんですね」

「まあね！」

「おーい？　俺もちゃんと戦ったんだが？」

全部エリシアが片付けたことになっているが、俺だってきちんと戦っていたし、なんならとどめを刺したのだって俺だ。

活躍していないみたいな扱いをされるのは不満である。

なんて抗議するとアイラはクスリと笑った。

「冗談です。ルードさんって意外と強かったんですね。ビックリしました」

「成長期だからな」

「いい歳してなに言ってるんですか」

その突っ込みはやめてくれ。複雑な年齢の俺にはよく効く。

「これよかったら貰ってください。ここの食堂の無料券です」

ショックを受けている俺にアイラが渡してくれたのは、満腹亭の食堂で使える無料券だ。

これを使えば、一回分の食事が無料になるらしい。

それが二十枚。つまり、二十回分の食事が無料になるというわけだ。

「おお、助かる！　なら、早速二枚分を使って朝のおすすめを頼む」

「はーい！」

無料券を二枚渡すと、アイラは快活な笑みを浮かべてオーダーを伝えるために厨房へ向かう。

その道すがら常連客に心配の声をかけられたり、追加注文を受けたりと看板娘は大忙しだ。

こうやって元気にアイラが働いている姿を見られると、偶然とはいえ命を救えてよかったと思う。


朝食を食べ終わると、俺とエリシアは冒険者ギルドにやってきた。

「ルードさん、エリシアさん、少しよろしいでしょうか？」

ギルドに顔を出すと、受付をしていたイルミが相変わらずの無表情で尋ねてくる。

言われなくてもわかる。昨夜の狂化状態となっていたロンドの話だろう。

俺とエリシアが素直に頷くと、彼女によって奥にある応接室へと通される。

応接室にはギルドマスターのランカースがソファーに座っていた。

俺たちもソファーに腰かけるとランカースが口を開く。

「ここに来てもらったのは二人も察している通り、昨夜の事件についてだ。当事者である二人には詳細な経緯を話しておこうと思ってな」

「では、お願いします」

強い興味があるわけではないが、襲われた以上は経緯を知っておきたかった。

ロンド、マグナス、リグルドの三人組は三日ほど前に瘴気迷宮にいる魔物の討伐依頼を受けたらしい。

その時に彼らは瘴気迷宮のどこかで呪いの剣を手に入れたようだ。

それが呪い憑きだと気付けなかったロンドは、キャンプ地で狂化状態となってしまい仲間であるマグナスとリグルドを殺害。

そのままバロナに帰還するなり、何人もの人を殺めて潜伏していたようだ。

ギルドの調査員によると、そのような経緯でロンドは殺人鬼となってしまったとのことだ。

「なるほどな。あいつらも災難だったたな」

ロンドとは別に親しくもなんでもないし、どちらかというと嫌いな部類の人間ではあったが、それでも思わず同情してしまうような末路である。

「冒険者が狂化状態になった以上、処分するのはギルドの役目だった。ギルドに代わって事態を収めてくれたことをギルドマスターとして礼を言う」

「いえ、偶然なので気にしないでください」

「殺人鬼となっていたロンドにはギルドから懸賞金がかかっていた。ロンドを仕留めてくれた二人には懸賞金である百万レギンを支払う」

ランカースが視線を送ると、控えていたイルミがトレーの上に大量の金貨を載せてやってきた。

「偶然だけど懸賞金がかかっていたのなら、私たちがそれを貰うのは当然の権利ね」

「ああ、そうだな」

ドエムに頼んだ大剣がどれだけの値段になるかわからない以上、お金は少しでもある方がいい。

貰えるものは貰っておこうの精神だ。

ランカースの気が変わらない内に俺とエリシアは百万レギンをマジックバッグに収納した。

「最後に確認したいのだがルード君はロンドが所有していた呪いの剣を持っているんだな？」

「ええ、一応」

呪いの剣を回収したことは昨夜の事情聴取の時に話してある。

「見せてもらえるか？」

「いいですよ」

俺はマジックバッグから呪われた剣を取り出してみせた。

「……見事に呪われているな」

「呪われていますね」

「それを持っていてルード君は平気なんだな？」

「はい。ユニークスキルのお陰で狂化状態になるようなことはありません」

「そうみたいだな」

「これってギルドに返さないといけないルールとかありませんよね？」

「懸賞金をかけられた犯罪者の持ち物は、それを倒した者が所有権を得られるのがギルドの定めたルールだ。ただし、呪いの武具の場合はギルドが回収し、しかるべき場所で管理をするのだが、ルード君の場合は問題ないな」

よかった。この呪いの剣はかなり使えそうだったので、回収されなくて助かった。

この剣を使うことができれば、俺の苦手とする魔法防御も何とかなりそうだからな。

「無いとは思うが、もしルード君がロンドと同じ状況に陥った時にギルドは容赦しないことを覚えていてほしい」

ユニークスキルがあるので狂化することはないと思うが、もしそうなればランカースは躊躇なく俺を仕留めるだろう。

ランカースから放たれた殺気にはそれくらいの覚悟があった。

つまり、所持するならそれくらいの覚悟を持てという彼なりの忠告だろう。

俺は彼の視線から目を逸らすことなくしっかりと頷くのだった。

15話 暴食剣グラム

「今日はどうする？」

いつもならバフォメットの時のように俺たちの受けられる範囲ギリギリの魔物だったり、俺の能力強化ができそうな魔物を討伐しに遠出するのだが、中途半端な時間になってしまった。

今から新迷宮や瘴気迷宮に行こうものなら野宿を覚悟する必要があるだろう。

「うーん、今日は近場の依頼でいいか？　呪いの剣の性能を試してみてぇ」

「いいわ。私もちょっと気になっていたし付き合ってあげる」

「助かる」

そんなわけで今日は遠出せずに、近場の草原に棲息するエッグプラントという魔物の討伐依頼を受けることにした。

城門を出て平原に向かうと、清々しいまでの緑が広がっている。

天気も良く絶好のお散歩日和だが、そういったゆっくりとした時間はやるべきことをやってからだ。

マジックバッグから呪いの剣を取り出す。

刺々しい装飾の施された真っ黒な剣には、今も赤黒いオーラが渦巻いている。

暴食剣グラム……瘴気迷宮で発見された呪いの剣。相手の魔力を吸収することができ、己が力とする。

ロンドが所持していた時は【鑑定】が弾かれたが、正式な所有者が俺へと移ったことで詳細を見ることができるようになったようだ。

「暴食剣グラムか……」

「それが呪いの剣の名前？」

「そうみてえだ」

相手の魔力を喰らい、己が力とするこの剣に相応しい名前と言えるだろう。

「大まかな性能はわかった？」

「ああ、確かめるために魔法を撃ってもらっていいか？」

「ええ、いいわ。シルフィード！」

エリシアがいきなり風精霊であるシルフィードを呼び出した。

「ちょっと待て。いきなり精霊魔法で試す必要はねえだろ？」

「魔法を吸収することができるんだから一緒でしょ？」

「そうかも知れねえが何があるかわからねえだろ？　ここは穏便に普通の魔法で頼む」

「……しょうがないわね」

真剣に頼むと、エリシアは不服そうにしながらもシルフィードに待機を命じた。

俺がおかしいのだろうか？　思わず自分の感性を疑ってしまいそうになるな。

エリシアから距離を取ると、俺は暴食剣グラムを構えた。

十メートルほど先に立っているエリシアは短い詠唱をすると、杖の先に球状になった風が浮かんでいた。

初歩的な風魔法の風弾である。

さすがに最初から風刃などをぶっ放されると怖いので助かる。

「準備はいい？」

「ああ」

頷くと、エリシアは風弾を射出した。

暴食剣グラムを水平にして掲げると、風弾を見事に吸収。

すると、グラムを通じて俺の身体に魔力が流れ込んできた。

名前：ルード
種族：人間族
状態：通常
LV48
体力：264（244）
筋力：224（204）
頑強：184（164）
魔力：176（156）
精神：150（130）
俊敏：171（151）
ユニークスキル：【状態異常無効化】
スキル：【剣術】【体術】【咆哮】【戦斧術】【筋力強化（中）】【吸血】【音波感知】【熱源探査】【麻痺吐息】【操糸】【槍術】【隠密】【硬身】【棘皮】【強胃袋】【健康体】【威圧】【暗視】【敏捷強化（小）】【頑強強化（小）】【打撃耐性（小）】【気配遮断】【火炎】【火耐性（大）】【大剣術】【棍棒術】【纏雷】【遠見】【鑑定】【片手剣術】【指揮】【盾術】【肩代わり】【瘴気耐性（中）】【瞬歩】【毒液】【変温】【毒耐性（中）】【毒の鱗粉】【麻痺の鱗粉】【エアルスラッシュ】【火魔法の理】【土魔法の理】【精神力強化（小）】【鋼爪】【魔力回復速度上昇（小）】
属性魔法：【火属性】

試しに自分のステータスを確認してみると、数値が全体的に上昇していた。

この剣で魔法を吸収すると、魔法に込められた魔力の分だけステータスが上昇するようだ。

「どう？　身体の感じは？」

「身体の内側から力が張ってくる感じがする。それにステータスも上がってるな」

「本当ね。すごいわね」

ギルドカードのステータスを見せるとエリシアが感嘆の声を漏らした。

「吸収した魔法を放つことはできる？」

「多分、できるな」

吸収した魔力を一気に解き放つようなイメージで剣を振るうと、先ほど吸収した風弾が飛んでいった。それと同時に身体を満たしていた魔力が一気に抜けていく感覚がした。

「さすがに魔法を放つとステータスは元に戻るみてえだ」

身体が少し重くなったように感じたが、正しくはステータスの数値が元に戻っただけだ。

特に魔法を飛ばしたことによる代償などではない。

「これがあれば魔法を使う相手に対して有利に立ち回れるだろうな」

これがあれば魔法使いの不意を打つことができるし、魔法による被弾を気にせずに接近することができる。防御系スキルが少ない今の俺にとって有り難い武器だな。

「有利なんてものじゃないわよ。魔法使い殺しだわ――きゃあっ!?」

エリシアが忌々しそうな顔をしながら顔を近づけると、グラムが威嚇するように赤黒いオーラを噴出させた。

エリシアが尻もちをつく中、グラムを宥めるように撫でるとオーラの噴出は収まった。

「俺以外にはあんまり懐いてねえみてえだな」

「そうみたいね。迂闊に近寄るのはやめておくわ」

エリシアの手を引っ張って起こしてやる。

澄ました表情でコメントしているエリシアだが、額からはかなりの冷や汗が流れていた。

ちょっと怖かったんだろうな。

「……ねえ、もっと強力な魔法を吸収すれば、どれだけステータスが上がるか気にならない？」

それは悪魔の囁きだった。

エリシアほどの実力者が本気で放った魔法を吸収すれば、どれだけステータスが上がるのか……。

エリシアの精霊魔法を吸収したロンドはかなりステータスが上がっていた。

それと同じ、あるいはそれ以上の上昇が見込めるのであれば、一時的にステータスをかなり増加できることになる。

「……いや、やめとく」

「えー!?　試しましょうよ！　そのための実験でしょう？」

「お前の目がやべえんだよ。絶対、全力で魔法をぶっ放すつもりだろ？」

詰め寄ってくるエリシアの目は見開いており、口元から荒い息が漏れている。

俺の代わりに呪いの武器でも持っていれば、誰が見ても狂化状態になっていると通報されてもおかしくない。

「実験なんだから全力でやるに決まってるじゃない！」

「性能が確かめられれば十分だ。ほら、魔法を撃ちたいならあっちの魔物に撃ってくれ」

なんて会話をしていると不意に魔物がこちらに近寄ってきている気配を感じた。

確かに何かがいるのだがパッと見で視認することができない。

【熱源探査】を発動すると、近づいてきている魔物をしっかりと確かめることができた。

エッグプラント
LV13
体力：36
筋力：27
頑強：22
魔力：16
精神：15
俊敏：18
スキル：【蔓操作】【種子弾】
【擬態】

卵のような頭部から蔓を生やした不気味な植物。

こいつらはエッグプラントという魔物だ。

草に擬態しながら移動し、標的を見つけると蔓で攻撃したり、種を飛ばしてくる草原のお邪魔虫。

他の魔物に気を取られ、足元から思わぬ攻撃を仕掛けられて大怪我を負ってしまう冒険者も少なくない。

数が増えると草原での他の討伐依頼や採取がやりにくくなるために定期的に随時討伐依頼が貼り出されている。

今回、俺たちが草原に出てくるついでに受けた討伐依頼の標的だ。

エリシアも近寄ってくるエッグプラントを察知したのか、邪魔が入ったとばかりに小さく舌打ち。

「竜巻《サイクロン》」

詠唱して杖を向けると、エッグプラントたちの足元で竜巻が発生。

竜巻に囚われたエッグプラントはなすすべなく天高く舞い上がって、風にその身を刻まれながら落下して死亡した。

明らかなオーバーキルだ。

高出力の魔法を発動してエリシアは少しだけ満足したのか晴れやかな顔をしていた。

今の魔法でも本気ではないのだ。本気で放たれたらどんな天変地異のような魔法が出てくるか想像ができない。

彼女の提案を断って良かったと心から思う。

自分の選択の正しさを噛みしめる中、後方からまたもエッグプラントが近寄ってくるのをスキルで察知。

「擬態していても俺からは丸見えだぜ」

どれだけ背景に溶け込もうが、そこに温度がある限り誤魔化すことはできない。

先手必勝とばかりに突進し、エッグプラントたちを斬り捨てた。

「感触は悪くねえが、大剣ばかり使ってたせいで軽く感じるな」

切れ味も非常にいいし、重心バランスも悪くないが物足りない。

(マセキヲ……ヨコセ)

なんて思っていると、不意にどこからともなく声が聞こえた。

周囲を見回してみるが俺たち以外に人はいない。

「どうしたの？」

「いや、今声が聞こえた気がしてな」

「私たち以外に誰もいないわよ？」

「だよな」

（マセキヲヨコセ）

しかし、俺の脳内ではさっきと変わらず声が聞こえている。

声質はグラムを最初に握った時の怨嗟の声と似ていた。

だとしたらこれはグラムの思念なのか？

声に従ってエッグプラントの魔石を渡してみる。

すると、グラムは魔法を吸収するかのように魔石を吸収した。

「剣が魔石を吸収した!?」

そんな現象を目撃してエリシアが驚きの声を上げる。

（モットダ……モットシツノイイモノヲ……）

しかし、質が足りないらしい。剣の癖にいい魔石をねだるとは中々のグルメ家だな。

中途半端な魔石を出しても意味がないと思ったので、俺はエリシアから貰った上質な魔石を差し出してみる。

（オオオオオオッ！）

上質な魔石を吸収すると、脳内で歓喜の声が響き、グラムがひと際強いオーラに包まれた。

「剣が大剣になった！」

重量が変わったことに驚いて視線を落とすと、なんと右手にあったグラムが大剣になっているではないか。

素振りをしてみると実に手に馴染む。

間違いない、前に使っていた大剣と長さも重量も同じだ。

「もしかして、グラムが俺の意思を汲み取って形状を変化させてくれたのか？」

「呪いの武具には秘められた力があるって聞いてはいるけど、こんなことまでできるのね」

エリシアが感心と呆れの入り交じった表情で呟いた。

俺もこんなことができるとはビックリだ。

「ねえ、魔石を吸収できるってことは、グラムなら魔素を込めた一撃にも耐えられるんじゃないかしら？」

「確かに！」

魔石を取り込める以上は魔素を原動力にもできるはずだ。

それなら魔素を込めた俺の一撃にもグラムなら耐えられるんじゃないだろうか。

試しに体内にある魔素を流し込んでみる。

通常の武器なら魔素に耐えきれずに刀身が悲鳴を上げたりするのだが、グラムにはまったくそんな気配はない。

むしろ、俺の流した魔素を貪欲に喰らっている。

このままだと魔素を喰われ過ぎて、俺が倒れてしまう気がする。

「うらああっ！」

そうなる前に俺はグラムを地面に叩きつけて一気に蓄積させた魔素を解放。

魔素によって強化された一撃は地面を深く割って突き進み、解放された魔素が一気に爆発した。

グラムを確かめてみると刀身には傷一つなかった。

「おお、すげえ！　グラムなら魔素を込めた一撃に耐えられるぞ！」

「やったわね。これでルードも思う存分に魔素の力を使えるわね」

「ああ、だけど……」

「だけど？」

「これ、すっげえ腹が減る……」

発動するのにエネルギーを使い、魔素を大量に消費するからかとにかく腹が減って仕方がない。

くたびれたように言うと、エリシアがクスリと笑った。

「魔物を食べる使い手と魔石を食べる呪いの剣。いいコンビなんじゃないかしら？」

確かにそうだなと苦笑しながら俺は討伐したエッグプラントの調理に取り掛かるのだった。

16話 ポイズンラプトルの討伐

グラムが魔素を込めた一撃に耐えられることを確認した俺は、そのことを伝えるべくドエムの工房に足を運んだ。

「呪いの剣か……さすがにそれは参考にならねえな」

昨日のことを説明すると、ドエムは難しい表情を浮かべた。

それもそうだ。呪いの武具はとにかくわからないことが多く、その呪いによって能力に違いがあったり、使用者との相性によって性質が変化したりする。

詳しい仕組みもわかっておらず、一概にこういうものだと断定することはできない。

「解析するために色々と調べてはみてえが、呪いが強いせいかワシじゃおいそれと触ることもできねえからな」

エリシアの時と同様にドエムが手を差し伸ばそうものならグラムはそれを拒絶するように赤黒いオーラを噴出させる。

それに触れれば、ドエムが呪われてしまうことは誰にでもわかるだろう。

「一応手持ちの剣を手に入れたことだし、借りてた大剣は返すぜ」

あくまでこれは繋ぎのために借りていた大剣なのでドエムに返却する。

「おう。魔素に適合する大剣の製作はこのまま続けるが問題はねえな？」

「そっちは続けて頼む」

今すぐに必要はないが、もしグラムを紛失したり、壊してしまった時に使える武器がないのも困るのでグラム以外にも魔素に耐えられる武器を持っておきたい。

護衛依頼なんかで呪いの武器を忌避する人がいるかもしれないし、公然と持てる武器も欲しい。

そんなわけでドエムには引き続き魔素に耐えられる大剣の製作を頼むことにした。

ドエムへの報告を終えると、俺はその足で冒険者ギルドに向かう。

エリシアは先にそっちの方に向かっており、今日こなすべき依頼を物色しているはずだ。

ギルドにやってくると、掲示板の前にエリシアはいなかった。

「こっちこっち！」

その声に振り返ると、エリシアは併設された酒場のテーブルに着いていた。

テーブルには果実水と依頼書が置かれている。どうやら目ぼしい依頼を見つけて、待っていてくれたようだ。

「すまん。待たせたな」

「そこまで待ってないから気にしないで」

「いい依頼は見つけたのか？」

「ええ、瘴気迷宮にいるポイズンラプトルの討伐とそのボスの討伐よ」

ポイズンラプトルというのは小型の鳥竜種の魔物だ。

集団行動が得意ですばしっこく、毒を吐いてくる。

一体一体はそこまで脅威ではないが、群れが膨れ上がると恐ろしい強さを発揮する。

今回、迷宮内で数が膨れ上がったのはポイズンラプトルのボスが出現したからであろう。

ポイズンラプトルの群れの討伐はDランク相当であるが、そこにボスが加わるとなると難易度が上がってCランクになる。

「相変わらずギリギリの難易度の依頼を取ってくるのが上手いな」

「イルミには白い目で見られたけど何も言われなかったわ」

もはや、言っても聞かないと思われているんだろうな。

まあ、前回のバフォメットの討伐依頼はきちんとこなしたし、ランク以上の実力があることは認知されているはずだ。問題ないだろう。

「よし、それじゃあ瘴気迷宮に向かうとするか」

「ええ！」

既に依頼受注の手続きは完了しているようなので、俺たちはバロナを出て瘴気迷宮へと向かった。


瘴気迷宮の中は、今日も瘴気に包まれていた。

薄紫色の霧がほんのりと階層内に漂い、俺たちの身体を蝕んでくる。

しかし、俺にはユニークスキル【状態異常無効化】があるのでどこ吹く風。

歩き慣れた道を散歩するかのような気軽さだ。

隣を歩いているエリシアの胸元では瘴気草が光っており、彼女を蝕む瘴気を軽減していた。

「瘴気は平気か？」

「ええ、低階層なら瘴気も弱いし、瘴気草があれば長時間いてもなんともないわね。不快なことに変わりはないけど」

瘴気草によって瘴気が軽減されるも、重ったるさや淀んだ空気のようなものはしっかりと感じるらしく、歩いているだけでも不快なようだ。

俺には状態異常がどのようなものかわからないので、普通の人からこうして話を聞くのは新鮮だな。

「そっちはまるで散歩するかのような気軽さね」

「なんていったって効かねえからな」

エリシアから羨むような視線を受けて、俺は豪快に笑った。

そんな中、ふと思った。

エリシアの瘴気状態を肩代わりすれば、彼女も万全に動けるのではないか。

「なあ、ちょっと【肩代わり】してみてもいいか？」

「やってみて！」

俺の意図することが伝わったのだろう。彼女が顔を輝かせて頷く。

エリシアの肩に手を置き、彼女の状態異常をスキルによって【肩代わり】する。

すると、彼女の身体を蝕んでいた瘴気が俺の身体に流れ込み、俺のユニークスキルが無効化した。

「あっ、すごい！　身体が楽になった……けど、またなんか重くなったわ……」

喜びを露わにしていたエリシアのテンションがみるみる落ちていく。

「どうやら俺が肩代わりして無効化しても、またすぐに瘴気状態になっちまうみてえだな」

エリシアの瘴気を無効化しても、迷宮内に漂い続ける瘴気がまたすぐに彼女の身体を蝕む。

いくら肩代わりをしても無限ループから抜け出せないようだ。

「残念ながら肩代わりしても無駄だな」

エリシアの状態異常を無効化することを諦めて歩きだすと、彼女は何を思ったのか無言で俺の手を握ってくる。

女性特有の柔らかな手の感触にドキッとしてしまう。

「……なにしてんだ？」

「ずっとは無理だけど、こうしてルードに触れていれば無効化できるんでしょ？」

「それはそうだが、ずっと手を繋いでいるつもりか？」

「私たちなら低階層の魔物におくれをとることはないし問題ないわ」

会話をしている間にシルバーウルフが襲ってくる。

が、エリシアは手を繋いだままでシルフィードを呼び出し、襲いかかってくるシルバーウルフた

ちを精霊魔法でズタズタに切り裂いた。

「ね？」

確かにこのレベルの相手ならエリシアの魔法で一発だな。

俺が剣を振るう必要もない。

とはいえ、迷宮内で男女が手を繋いで歩くというのはいかがなものだろうか？

傍から見たら迷宮内でいちゃつくバカップルあるいは命知らずとしか思えない。

「……別にいいけど危なくなったらすぐに離れてくれよ」

「わかってるわ」

悩んだ末に俺は低階層を進む間だけエリシアに手を繋ぐことを許可することにした。

彼女も深い意味があってやっているわけじゃない。

俺と手を繋ぐことで不快感を回避できるのであれば、手を繋いで快適に移動しようという軽い魂胆だろう。

効率的な迷宮探索のための必要な行動だと思えば、それほど気になることではない。

そうやって気持ちを割り切って移動していくと、俺たちはポイズンラプトルの出現する二十五階層にたどり着いた。

石造りの通路から打って変わり、ぬかるんだ地面に腐った木々などが生えている。

階層全体が沼地へと変化していた。

さすがにここまでやってくると、魔物のレベルも高くなる上に数も多くなる。

エリシアの瘴気状態無効化のためとはいえ、手を繋いで動き回ることはリスクが大きい。

「ほら、手を離すぞ」

「はーい。うわっ、気持ち悪い」

手を離すと、エリシアがすぐに不快感で顔を顰めた。

「精霊魔法で索敵してもいい？」

「ああ、任せた」

これだけ開けた場所だと俺の【音波感知】による索敵精度は低くなってしまう。

だったらより広範囲を探ることのできるエリシアに任せた方がいい。

俺が頷くと、エリシアは風精霊を呼び出した。

子供の身長くらいあったシルフィードとは違って、手の平サイズの少女たち。

恐らくシルフィードよりも力の弱い風精霊なのだろう。

エリシアがポイズンラプトルを探すようにお願いをすると、風精霊たちは周囲に飛び去っていった。

「風精霊が飛び回って階層内を探してくれているのか？」

「いいえ、風を流して情報を拾ってくれるのよ。仕組みでいえば、ルードの【音波感知】と近いかしら？」

エリシアがそう説明してくれた瞬間、無風なはずの階層内に肌を撫でるような柔らかい風が吹いた。

恐らく、これが階層内全体に広がっているのだろう。

程なくすると風精霊が戻ってきて何事かを耳打ちする。

「あっちの方にいるみたい」

「わかった」

今のでポイズンラプトルの群れの居場所がわかったみたいなので、俺はエリシアの後ろを付いていった。

エリシアに先導してもらって移動すると、大きな沼地エリアにポイズンラプトルがいた。

鳥のような尖った嘴をしており、顔には襟巻がついている。

橙色の体表に黒い斑模様を浮かんでおり、発達した後ろ脚が特徴的だ。

「数が多いわね」

岩陰からこっそりと様子を窺うと、ざっと見ただけで三十体はいる。

ポイズンラプトル
LV27
体力：93
筋力：62
頑強：58
魔力：42
精神：37
俊敏：77
スキル：【毒爪】【毒液】【追跡】【瘴気耐性（中）】【毒耐性（小）】

レベルやステータスはソルジャーリザードたちとほとんど変わらないくらいだ。

「ボスの姿が見当たらないわね？」

周囲を見回してみるが、エリシアの言う通りボスらしき個体は見当たらなかった。

「どこか他の場所に行っているか、これ以上に大きな群れがあるんじゃねえか？」

「後者についてはあまり考えたくないけど、いないのであれば好都合ね」

ボスがやってくれば、それだけでポイズンラプトルたちも勢いづく。

ボスが介入してくる前に仕掛けてしまった方が楽だろう。

幸いにしてポイズンラプトルがこちらに気付いている様子はないので、俺たちは仕掛けることにした。

「私が魔法を放つからそのタイミングでお願い」

「わかった」

こくりと頷くと、エリシアは風精霊たちを呼び出した。

風精霊たちはポイズンラプトルの群れの中心部に飛んでいく。

宙を浮かぶ風精霊を目にしてポイズンラプトルが反応する。

程々に何体か集まったところで風精霊たちを中心に竜巻が発生した。

「グアアッ!?」

小さな竜巻はポイズンラプトルたちの体をいとも簡単に持ち上げていく。

敵の注意が風精霊に向いている中、俺は【瞬歩】を発動して一番近くにいた二体のポイズンラプトルを斬り伏せた。

竜巻だけでなく冒険者の登場に、ポイズンラプトルたちが鳴き声を上げてこちらに突進してくる。

足元の悪い中、ポイズンラプトルたちは的確な動きで接近してくる。

一体目と二体目の突進をステップで回避すると、それを予測していたのか三体目が先回りするように飛びかかってくる。

スキルで迎撃しようと思ったが、それよりも早くに風刃が飛んできて三体目のポイズンラプトルは切り裂かれた。

どうやらエリシアが魔法でカバーしてくれたようだ。

魔法で仲間がやられたことによって足を止めてしまうポイズンラプトル。

その隙を俺は逃さず、大剣の面で叩きつけるように薙ぎ払った。

宙を舞ったポイズンラプトル二体は地面に落下すると、ピクリとも動かなくなる。

今の俺の筋力ならば、こうやって打撃武器として扱うだけでも十分な威力が出るものだ。

跳躍してきた新たなポイズンラプトルの一撃を大剣の腹で受け止めると、そのまま豪快に力で押し込んでやり、体勢が崩れたところを袈裟斬りにする。

横合いから現れたポイズンラプトルが大きく口を開けて毒液を飛ばしてきた。

ユニークスキルで無効化するとはいえ、毒液を被れば視界が遮られるし、身体が濡れることになるので回避。

ただし、回避運動は最小限にして斬り込む。

常人ならば毒が掠ったりしないように大きく回避をするのだが、俺はユニークスキルで無効化できるので多少かかるくらいなら問題はない。

最小の動きで躱すことができれば、それだけ次への動きが速くなる。

結果として俺の攻撃はすぐに相手へと届くわけだ。

ポイズンラプトルの攻撃力自体は高くない。

脅威になるのは集団でよってたかって体力が減った時になぶられることだ。

後ろには魔法使いであるエリシアがおり、遠くにいる敵を魔法で仕留めてくれている。

時折、俺が囲まれないように援護もしてくれているので、俺は思う存分に剣を振り回して敵を仕留めていけばいい。

「グアアアアンッ!!」

そうやって順調に二人でポイズンラプトルを倒していると、奥の岩からひと際大きなポイズンラプトルが姿を現した。

「どうやらボスのお出ましみたいね」

「しかも、ぞろぞろと部下を引き連れてな」

ボスと思わしき個体の後ろにはたくさんのポイズンラプトルがいる。

ここにいた奴等よりも数が多い。

他にもっと大きな群れがあるという懸念の方が当たってしまったようだ。

ポイズンラプトルのボスは体をグッと屈めると、強く岩を蹴って俺たちの前に躍り出た。

驚異的な跳躍力だ。それにデカい。

さっきまで対峙していたポイズンラプトルが一メートルくらいだとすれば、ボスはその二倍以上はあるだろう。

襟巻も大きく、前脚や後ろ脚から生えている爪も長い。

こうして間近で見てみるとポイズンラプトルの方が随分と可愛い顔立ちをしているものだと思う。

ハイポイズンラプトル
LV34
体力：126
筋力：98
頑強：77
魔力：55
精神：66
俊敏：118
スキル：【統率】【猛毒液】【猛毒爪】【猛毒牙】【毒耐性(大)】【瘴気耐性（中）】

正式名称はハイポイズンラプトルだそうだが、長いのでボスでいいだろう。

レベルは34でジェネラルリザードと遜色ない。

大勢のポイズンラプトルを引き連れているので、レベル差があるとはいえ、油断すると足をすくわれることになりそうだ。

「エリシア！　周りの奴等は任せた！」

「ええ！」

エリシアの返事を聞いて大剣を構えると、ボスが大きく口を開けて猛毒液を吐いてきた。

「グアッ！」

ポイズンラプトルよりも毒の範囲が広い。

横に回避したところでボスが首を伸ばして噛みついてきた。

俺は噛みつかれないように大剣の腹で受け止めた。

長く尖った犬歯からは毒液が漏れている。

少しでも噛みつかれようものなら猛毒を送り込まれ、あっという間にあの世行きだろうな。

俺には【状態異常無効化】があるので毒状態になることはないが、こんな鋭利な歯を見てしまえば噛みつかれたいとは思わない。

俺は手の力を抜いて刀身の角度を少しずらした。

すると、力を込めて噛みつこうとしたボスの顎が空を食んだ。

柄を短く持つと、そのままボスの体を袈裟斬りにした。

「ギャッ!?」

「ちっ、浅いか」

赤紫色の鮮血が舞い上がる。

咄嗟に体を捻られたせいで浅くしか斬ることができなかった。

ボスが悲鳴を上げて仰け反っている間に俺は踏み込み、その長い首を叩き落とそうと振るった。

しかし、ボスが大きく後ろに跳んだことにより回避されてしまう。

大剣をすぐに持ち上げて視線を向ければ、ボスが着地した先は毒沼だった。

「あいつ毒沼に退避しやがった!」

【毒耐性（大）】があるために毒沼の中でも平気なのだろう。

ボスの顔が嘲笑するように歪んでいた。

「どこかで見たことのある光景だわ」

後ろでは仲間が変なことを言っているが気のせいだ。

俺は戦闘中に毒沼に退避するなんて卑怯なことはしない。

「だが残念だったな。俺にはその戦法は通じねえぜ」

一般の冒険者ならば毒沼に入るのを躊躇するかもしれないが、俺には【状態異常無効化】があるために躊躇はしない。

嬉々として大剣を引っ提げながら毒沼に突っ込むと、ボスが驚愕の表情を浮かべた。

遅れて繰り出された前脚の爪をかいくぐって胴体を斬りつける。

ボスが怯んだところを追撃しようとするが、視界の左端から鞭のようにしなった尻尾がやってきて直撃した。

「ルード！　大丈夫!?」

「咄嗟に【硬身】を使ったから平気だ！」

エリシアが心配の声をかけてくるので手を挙げて平気であることを伝える。

とはいえ、毒沼に頭から突っ込むことになったので体中がベトベトになってしまった。最悪だ。

毒液を払って起き上がろうとすると不意に地面から硬い感触がした。

「……なんだこれ？」

触ってみると石ではなく、どちらかというと金属のような硬質な感触。

非常に気になるが今は戦闘中だ。意識を切り替えよう。

すくっと立ち上がるとボスが怪訝そうな表情を浮かべる。

今まで毒沼に入ったものは毒に苦しむか、顔を青くしていただろうが、俺にはそのような反応はまったくない。

なぜなら俺には効かないからだ。

大剣を構えて走り出すと、ボスは戸惑いながら前脚の爪を繰り出して応戦。

冷静にそれを弾いていくと、鞭のようにしなった尻尾がくるので回避。

さすがに二回目は警戒しているので当たらない。

脅威なのは噛みつきと予測が難しい尻尾だ。逆に言えば、それ以外の攻撃は拙い。

それに長く戦っているとボスの戦い方や癖もわかるものだ。

身をかがめて尻尾を回避したタイミングで【瞬歩】を発動。

潜り込むのは死角となるボスの長い首の真下だ。

急所の塊である首が露わになっていたので俺は力を込めて大剣を振るった。

「グアアッ!?」

宙を舞うボスの顔には困惑の色が浮かんでいた。

一体どうして自分が宙を舞っているか最後まで理解できていなかったという様子。

一瞬の加速で死角に潜り込んだ故に、ボスからすれば俺の姿が掻き消えたように見えただろうな。

ドスンッとボスの体がくずおれると、周囲に残っていたポイズンラプトルたちは蜘蛛の子を散らすように逃げていった。

　これだけの数を纏めていたボスが倒されたことにより群れが崩壊したようだ。

　中には戦闘を続けようとする個体もいたが、それらはエリシアの精霊魔法によって一掃された。


　ポイズンラプトルがいなくなったところで俺たちはポイズンラプトルたちから素材を剝ぎ取る。

　身体の汚れが気になるが素材は鮮度が重要なので後回しだ。

　魔石はもちろんのこと爪と牙は武器に加工できる。

　皮は革細工に、内臓は薬の材料にもなるため、ポイズンラプトルの素材は非常にいい小遣い稼ぎになるのだ。

「お疲れ様。随分汚れちゃったわね。私が魔法で洗ってあげましょうか？」

　ボスも含め、あらかたポイズンラプトルの素材を採取したところでエリシアがやってくる。

「いや、その前に毒沼で気になるところがあったから調べてみてもいいか？」

「毒沼の中で？」

　エリシアが怪訝な顔をする中、俺はズンズンと毒沼に入っていく。

　ボスとの戦闘で吹き飛ばされた場所にいくと、さっきと同じように硬質な何かがあった。

「そこに何かあるの？」

そう尋ねるエリシアは風を纏って宙に浮いていた。

前に見せてくれた精霊魔法だろう。

「なんか妙に硬いものがあるんだよ」

試しに拳で叩いてみると、ゴンゴンッと明らかに金属質な音がした。

「過去に探索した冒険者の鎧とか？」

「怖いこと言うなよ。鎧とかっていうよりかは金属の板とかそんな感じな気がする」

「ちょっと風で毒沼を散らしてみてもいいかしら？」

「ああ」

実際にこの目で見てみないことにはわからないので、その場から少し離れてみる。

エリシアが精霊の力を借りて突風を起こすと、その中心地では水分が退いていき、分厚い金属板のようなものが露わになった。

「なにこれ？」

「地下扉じゃねえか？　取っ手みてえな窪みがあるしよ」

「いや、それはわかるけど、どうして毒沼の中にこんな扉が……？」

「隠し扉ってやつじゃねえか？」

迷宮には隠し部屋や隠し領域という奴がある。

これもそれと同じで、この下には何か領域が広がっているんじゃないだろうか。

「まずは魔法的な仕掛けがないか確認ね。間違えても迂闊に触れるなんてことは――」

「あ、触っちまった」

エリシアが忠告する前に俺は既に地下扉を触ってしまっていた。

「すまん。だけど、取っ手を触っただけで他には何も――おわっ!?」

弁明しようとすると地下扉が急にひとりでに開き、謎の吸引力によって俺の身体が引き込まれた。

真っ暗な狭い通路を落ちていく。

「おわあああああっ!」

「もう!　言わんこっちゃないわよ!」

吸い込まれたのは俺だけじゃなく、近くにいたエリシアも巻き込まれてしまったようで絶叫が響いていた。

ひょっとしてまた奈落のような場所に落とされるのではないか。

だとすれば高所からの落下に備えなければならない。

そう思っていたのだがすぐに地面らしきものが見えてきた。

想像以上に早く見えた地面に俺は体勢を整えることができず無様な着地を決めた。

俺の上にはエリシアがいるわけで、着地に失敗した彼女は俺の背中へと落ちてきた。

「ぐえええっ!」

衝撃で呻き声が漏れてしまう。

下敷きになったミノタウロスの気持ちがわかるようだった。

本当にあのミノタウロスには感謝だ。

「ごめんなさい！　大丈夫!?」

「重いから早くどいてくれ」

「乙女に向かって重いとは失礼ね！」

正直な気持ちを述べると、エリシアは憤慨しながらも背中から速やかに退いてくれた。

「なにも見えないから灯りをつけるわ」

エリシアはそう言うと、光精霊を呼び出して周囲を照らした。

起き上がって周囲を見渡すと、石造りの広大な広間が広がっている。

「……ここはどこかしら？」

「二十六階層には潜ったことがあるが、こんな場所は見たことがねえな」

二十六階層を隅々まで探索したわけではないが、そもそも二十五階層より先は沼地となっている。

それと比べてここは階層の雰囲気があまりにも違っていた。

「隠し階層？」

「毒沼の中にあった地下扉だ。そういう場所であってもおかしくはねえな」

普通の冒険者なら毒沼に入ろうなどとは思わないし、入っても毒液の中を探ることはない。

誰も入ったことのない場所なのは確かだろう。

「なあ、俺たちの落ちてきた扉が綺麗に消えてねえか？」

天井を見てみると、俺たちの落ちてきた扉が綺麗に消えてねえか？」

そこに扉なんて元からありませんでしたよと言わんばかりに。

「こういった隠し階層ではよくある仕掛けよ。前に進んで出口を探すしかないわ」

取っ手を摑んだだけで中へ引き込む不思議なギミックだ。入り口が消えるような仕掛けがあってもおかしくないか。

元の場所に戻ることは諦め、俺たちは広間の中を警戒して進んでみると、不意に唸り声のようなものが聞こえた。

エリシアが慌てて光精霊を前方に飛ばしてみると、そこには巨大な竜が鎮座していた。

毒々しい紫の鱗に覆われており、頭にはねじくれた角が生えている。

見上げるほどの威容は二十メートルを越えるだろう。横幅も通常の魔物の何十倍とある。

瘴気竜バジリスタ
LV75
体力：524
筋力：445
頑強：422
魔力：377
精神：365
俊敏：201
スキル：【猛毒牙】【猛毒爪】【暗視】【威圧】【瘴気無効】【毒無効】【麻痺耐性（中）】【火耐性（中）】【雷耐性】【土耐性】【龍鱗】【猛毒針】【瘴気の波動】【土魔法の理】【闇魔法の理】【闇耐性】【石化耐性】【腐食耐性】

お伽話や絵本で登場するような伝説の存在。そいつが今目の前にいた。

「……エリシア、やべえぞ。こいつのレベル75だ」

「75!? そんなのこんな迷宮にいていいレベルじゃないわよ!?」

鑑定してみると、今までの魔物の中でもぶっちぎりのレベルとステータス。

俺たちのステータスの一・五倍、あるいは二倍以上のステータスがある。

ユニークスキルこそないものの他のスキルの数や質も圧倒的だ。

今まで出会ってきた魔物の中で間違いなく最強だろう。

バジリスタは蛇のような縦筋の入った金眼をこちらに向けると、殺意と敵意を解き放った。

「ゴアアアアアアアアアアアアアアアアアアアアアアアアッ！」

特大の咆哮が大広間を、瘴気の迷宮全体を震わせた。

鼓膜が破れそうなほどの空気の振動。しかし、それはすぐに和らぐ。

ふと視線を向けると俺たちを覆うように翡翠色のヴェールがかかっていた。

エリシアの傍らにシルフィードが待機していることから、精霊魔法で音の振動を散らしてくれたようだ。

衝撃的な魔物との遭遇にもかかわらず、自分がこなすべき役割を冷静にこなしている。

さすがは元Sランク。かなりの場数を踏んでいるだけあって冷静だ。

「他に出口がない以上はあいつを倒すしかない！ やるわよ！」

「あ、ああ！」

既に退路がない以上は冒険者として腹をくくるしかない。

Sランク冒険者にもなれば、相対する魔物もそれなりに強大であることが相応しい。

お伽話のように俺も竜と戦うことに憧れたものだが、まさかDランクで竜に挑むことになるとは思いもしなかった。

俺は幼い頃から憧れていた伝説に挑むことになった。

17話 ✕ 瘴気竜バジリスタ

「【鑑定】したなら今のうちに情報を教えて」

エリシアが作り上げてくれた稀少な時間を利用し、俺は【鑑定】でわかったバジリスタの断片的な情報を伝えていく。

「あいつは瘴気竜バジリスタ。その名前の通り瘴気を操る竜だ。爪や牙には毒や麻痺があるから注意してくれ」

「魔法耐性は？」

「【龍鱗】っていう防御スキルのせいで魔法は効きにくい。火と土と闇には大きな耐性がある。他はよくわからん！」

バジリスタの長い咆哮が途切れたので作戦会議は終了だ。

エリシアには悪いが断片的な情報から推測して戦ってもらうしかない。

バジリスタは俺たちを睥睨すると、体から濃紫の霧を噴出させた。

恐らく瘴気だろう。かつてないほどに濃密な瘴気が大広間を覆っていく。

「くっ！　なんて濃密な瘴気なの!?」

俺はユニークスキル【状態異常無効化】があるため何とも感じないが、エリシアはそうはいかない。

彼女を見れば、一瞬にして顔面が蒼白になっていた。

エリシアを【鑑定】してみると、途轍もない速度でステータスが下がっているのがわかった。

濃密な瘴気が彼女の身体を蝕んでいるせいだ。

俺は問題ないが、時間をかければかけるほどにエリシアのステータスが下がって戦力外になってしまう。

早めに仕掛けて決着をつけるのが望ましいが、これほどの相手に上手くいくだろうか。

それでもやるしかない。

バジリスタが大きく口を開けた。

口に集まる濃紫色の光から瘴気と推測できたが、そこから確かな熱を感じた。

俺とエリシアは慌ててその場から飛び退くと、射線上にあった床や壁が溶けていた。

「なんて熱量だ」

瘴気なら突っ込むことができるが、膨大な熱が含まれていては無効化することはできない。

呆気なく炭化するだけだ。ユニークスキルを過信せずに回避できる攻撃は避けた方がよさそうだ。

俺は【瞬歩】を発動すると、バジリスタの右脚へと潜り込んでグラムを振るった。

ガギインッと甲高い音が響き、グラムが弾かれた。

「硬えっ！」

グラムを振るった右脚を見てみるが、鱗にほんの少しのかすり傷が出来たくらいだ。

呪いの武器であるグラムやスキルの恩恵によって、ステータスで見える数値以上の攻撃力を有しているはずなのだが、バジリスタはまったく痛痒を感じていなかった。

これでは何十回と振るったところでその身に傷をつけることはできないだろう。

攻撃を避けることがなかったのは避ける必要がなかったからか。

バジリスタが右脚を持ち上げて俺を踏み潰そうとする。

俺は【瞬歩】を発動すると、踏みつけ範囲から逃れた。

攻撃と防御はバジリスタの方が勝っているが、俊敏に関しては小さな体格も相まって俺の方に軍配が上がるようだった。【瞬歩】を使えばそう簡単に捕まるようなことはないだろう。

気が遠くなるような話だが地道に攻撃を与えていくしかない。

「シルフィード！」

エリシアが風精霊を呼び出すと、バジリスタ目掛けて風刃の乱舞を射出。

バジリスタは避ける素振りすら見せず巨体で受け止めた。

「わかってたけど、硬いわね！」

彼女の精霊魔法による一撃はバジリスタの右脚の鱗を微かに傷つけた。

致命傷を与えるほどではないが、何度も繰り返して当てていけば致命傷になるかもしれない。

問題は時間をかけて繰り返して当てていく内に、彼女のステータスがかなり下がること。

今は鱗に傷をつけることができても、時間が経過すれば魔法の威力が減衰していくのはわかり切っていることだ。

「エリシア！　ステータスが下がる前に決着を急いだ方がいい！」

「わかってる！　少しだけ時間をちょうだい！」

そのことをエリシアも自覚しているのか、彼女は出し惜しみをすることなく火精霊、水精霊、土精霊、雷精霊といった他の精霊を呼び出した。

風精霊を合わせれば五属性という豪華な布陣。

エリシアが魔力を譲渡し、五属性の精霊から並々ならぬ魔力が立ち上る。

不穏な空気に気付いたのかバジリスタが闇属性のこもった槍を射出してくる。

俺はエリシアたちの前に移動すると、暴食剣グラムを突き出した。

「その魔法喰らうぜ！」

飛来してくる闇槍は綺麗にグラムの刀身に吸収された。

バジリスタの魔法を喰らったことにより、グラムから魔素の力が流れ込んできてステータスが上昇するのを感じる。

エリシアの魔法はまだ完成しないので俺が斬り込むことにした。

バジリスタの足元に潜り込んでグラムを振るう。

「ゴアアアッ!?」

「へへっ、お返しだ！」

先ほどはかすり傷しかつけることができなかったが、ステータスが上昇したお陰で浅くではあるが裂傷を刻むことができるくらいにはなっていた。

その身に刻まれた裂傷にバジリスタが驚愕の声を上げる。

痛みに驚いたというより自分よりも小さな存在に傷をつけられたことに驚いたといった様子だ。

体に刃が届けば、バジリスタも俺を無視することはできない。

ここでようやくバジリスタは俺を敵だと認めたのだろう。

まともに動くことのなかったバジリスタが、はじめて重い体を持ち上げた。

バジリスタの左脚が豪快に振り払われる。圧倒的な質量を前に防ぐことなど到底できない。

回避一択だ。攻撃は加えなくていい。

エリシアが魔法を行使できるようになるまで注意を引ければいい。

【瞬歩】を使い、緩急を加えて動き回りながらバジリスタの攻撃を避ける。

バジリスタが俺から注意を逸らそうものならば、即座に踏み込んでグラムで斬りつけてやる。

「ゴオオオオッ！」

ちょろちょろと動き回る俺を嫌ってか、バジリスタが体から濃密な瘴気を噴出させる。

これだけ近くで濃密な瘴気を吸ってしまえば、一瞬にして重度の瘴気状態になってしまうが俺には状態異常は効かない。

精々ちょっと視界が悪くなる煙でしかない。

視界が悪くなったとしても俺には【熱源探査】があるのでバジリスタの姿が手に取るようにわかる。

俺は油断しているバジリスタの左目を思いっきり斬りつけた。

バジリスタが絶叫を上げた。

「ルード！　そこから離れて！」

エリシアの魔法の準備が整ったようなので俺はすぐにバジリスタの傍から離れる。

それくらいエリシアの周囲にいる精霊たちからは濃密な魔力が漂っていた。

「くらいなさい！　精霊の五重奏《スプリットクインテット》ッ！」

精霊たちから放たれる多属性の魔法。

火球が着弾したと思いきや、水の槍が突き刺さり、雷が焼き焦がす。その上から大質量の岩石が降り注ぎ、大きな竜巻がバジリスタの体を切り刻んだ。

そして、最後にすべての属性がぶつかり合ったことで大きな爆発が起こる。

固唾を呑んで見守っていると、バジリスタが大きく体をよろめかせるのが見えた。

煙が晴れると体を覆っていた鱗はあちこちが剝げ落ち、紫色の皮膚は抉れて赤い血肉をさらけ出していた。

「おお！　すげえなエリシア！」

とんでもない精霊魔法の威力に驚いて振り返ると、彼女は力が抜けたようにふらりと片膝をついた。

「エリシア、大丈夫か!?」

「……ごめんなさい。今ので結構魔力を消費しちゃったかも」

慌てて駆け寄ると、エリシアの額からは大量の冷や汗が流れており、顔色がかなり悪い。

急激に魔力を消費した疲労に加え、瘴気による吐き気や酩酊、頭痛といった症状が出ているのだろう。

瘴気によって明らかにコンディションが悪い中、これほどの威力の精霊魔法を放つことができたのはさすがだ。

「すげえ魔法だった。ここからは俺だけで十分だ。エリシアは休んでいてくれ」

「……そうさせてもらうわ」

杖を支えにしなければ立つこともできない彼女をこれ以上戦闘に参加させることはできない。

彼女もそれがわかっているのか素直に頷き、シルフィードの風に運ばれて端へと退避。

「ああもう、昔ならもっと速く撃てたし、あんな奴一発で倒すことができたのに……悔しい！」

意識が朦朧としながらもエリシアは自分の不甲斐なさを悔いているようだ。

既に十分過ぎる働きなのだが、過去の実力を鑑みると到底満足できない結果なのだろうな。

「さて、ここからは俺とお前の一対一だ」

バジリスタから吸収した魔素は先ほどの戦闘で消費してしまったのか、既にステータスの上昇はなくなっている。

どうやらグラムから得られるステータスの恩恵は一時的なものらしい。

それでもエリシアが大ダメージを与えてくれたことにより、バジリスタは体力をかなり消耗している。

相手も万全とはいかないので力は五分五分、あるいは相手の方が少し上回っているかどうかだろう。

ここからは俺のすべてをぶつけて勝負だ。

【瞬歩】を発動してバジリスタの懐に飛び込んだ俺は左脚目掛けてグラムを振るった。

俺のグラムは弾かれることなく、バジリスタの左脚に浅いながらも裂傷を刻んだ。

「ゴアアッ!?」

エリシアの精霊魔法で体を覆っている鱗が剝げたからか、俺の攻撃が効いている。

ダメージを与えられるのであれば勝機はある。

俺はバジリスタの足元に食らいつくようにして動き回ってグラムを振るっていく。

「これだけ体が大きいと足元が見えねえよな！」

左目を潰せたお陰かバジリスタの視界はさらに狭くなっており、先ほどよりも付け入る隙は多くなっていた。

俺は常にバジリスタの左側を陣取るようにして攻撃を加える。

苛立ったバジリスタは俺を排除しようと脚でストンピングしてきたり、腹で押し潰そうとしてくるが単純な動きにやられる俺じゃない。

いいように攻撃を加えられてバジリスタは段々と苛立ってきたのかさらに激しく脚を上げてストンピングを始める。

「うおおお!?」

もはや俺を狙っての一撃ではないが、圧倒的な質量で乱打されれば適当な一撃でも当たる可能性が高くなる。

踏みつぶされれば一巻の終わりのため素直に距離を取る。

死角から逃れ正確に俺の位置を把握したバジリスタは、僅かに身を屈めて針を射出してきた。

迫りくる針を俺は回避する。

ガガガガッと激しい音を立てて地面に突き刺さる針。針先にはもちろん猛毒が付着している。

毒が効かないとはいえ、石造りの地面を陥没させる威力の攻撃に直撃したくはない。

疾走するとバジリスタも体の向きを変えて逃げ道を予測しながら放ってくる。

魔法を使ってくれれば吸収してステータスが上昇するのだが、それで痛い目を見ている以上はバジリスタも迂闊に使うほどバカではない。執拗に針を射出し続けてくる。

猛烈な針の嵐を回避していると、そこにバジリスタが突進をしてくる。

鈍重な体故にあまり動くことのなかったバジリスタが、ここまで大きく動いてきたことに驚いた。

全力を以て倒すべき敵と認定したからか。

動きはそれほど速くはないが、二十メートルを越える巨体が突っ込んでくるのは中々に恐怖だ。

大きく横に回避するとバジリスタは回避先にブレスを放ってくる。

瘴気と高熱がこもった攻撃を無効化することはできない。

俺は【瞬歩】を発動することでブレスをかいくぐって再びバジリスタの懐へ肉薄する。

ブレスを吐いていたバジリスタは噛み切るようにして中断し、潜り込んできた俺に針を射出してくる。

俺の【瞬歩】が読まれた。

これだけ何度も繰り返していけば、俺がスキルを発動するタイミング、加速具合を読まれるのも仕方がないのかもしれない。

飛来してくる四本のうち二本は躱すことができたが、残りの二本はどうしても回避できない。

腹をくくった俺は【硬身】を発動。

ただし身体で受け止めるのではなく、自らの身体を剣のように扱って受け流すことを選択。

飛来した針が脇腹にぶつかりギャリギャリという嫌な音を響かせる。

すぐに身体を斜めにすると、身体を穿とうとしていた二本の針は後ろへと流れた。

受け流すことに成功した俺はそのまま懐に入り込んで左脚を抉るように切り裂いた。

裂傷を抉るような一撃に鮮血が舞う。

バジリスタは苦悶の声を上げながら体を回転させて尻尾を振るった。

予想以上の速さに回避することができず、俺はグラムを盾にしながら【硬身】を発動。

「ぐっ！」

しかし、それだけではすべての衝撃を受け止めることは到底できず、俺の身体は紙のように吹き飛ばされた。

あまりの衝撃に肺の中にある息が吐き出される。

全身の骨がビリビリと悲鳴を上げているようだった。

地面を何度か回転した末に起き上がる。

骨こそ折れてはいないが全身のあちこちが痛い。

スキルを駆使してこの様だ。まともに食らっていれば、こんなものでは済まなかっただろう。

こちらの攻撃は相手の命を脅かすことができないのに、相手の攻撃はたった一撃でもこちらの命を脅かす威力。理不尽だ。

「いってえ……」

しかし、冒険者とはそんな理不尽な存在に抗うもの。こんなことで挫けたりなどしない。

敵が近距離戦を嫌うというのであれば、しつこく足元にとりついてやるまでだ。

立ち上がってすぐに駆け出すと、バジリスタは尻尾を大きく振るって薙ぎ払ってくる。

跳躍して回避すると、バジリスタはブレスを吐いてきた。

身体を空中へと浮かべている俺はそれを回避することができない。

バジリスタが勝ち誇ったような笑みを浮かべる中、俺は【操糸】スキルを発動。

指先から糸を射出するとバジリスタの翼に糸を引っ付け、手繰り寄せるようにして動いて回避。

奈落で戦ったオブゾーラスパイダーから獲得したスキルだ。

今まであまり使うことがなかったが思いもしないところで役に立つものだ。

空中へのブレスを回避すると、俺は糸で移動した勢いを利用してバジリスタの翼を斬りつけた。

「ゴアアアッ!?」

元々翼は退化しているからかバジリスタの翼は他の部位と比べると肉質が柔らかかった。

さすがに一撃で斬り落とすことはできないが刀身がかなり深くまで食い込む。

その瞬間、俺は【吸血】を発動。

スキルの発動によってグラムがバジリスタの血液を勢いよく吸い上げる。

血液を吸い上げられる嫌悪感からかバジリスタが激しく身をよじる。

翼から振り落とされた俺は何とか地面に着地。

【吸血】によって得られたエネルギーは俺の身体を癒し、全身の痛みが引いていく。

奈落で喰べた蝙蝠のスキルだ。

攻撃をすればするほど回復できるのであれば、積極的に仕掛けない理由はない。

俺は【瞬歩】を発動すると、バジリスタに一撃を加えてはすぐに離脱を繰り返す。

傷が浅くたって構わない。

俺が傷を与えた瞬間に【吸血】を発動すれば、少しずつバジリスタから血液を奪い、傷を回復することができる。

十回ほどそれを繰り返し終わった頃には、先ほど食らってしまったダメージを完全回復して元のコンディションに戻っていた。

強くなってからは大きな傷を負うことがなかったので使うことがなかったが便利なスキルだ。

これがあれば多少の傷を負ったとしても治すことができる。

とはいえ、相変わらずバジリスタの一撃は強烈で食らえばすぐにダウンする可能性が高い。

それに傷は治すことができても気力や体力までは治すことはできない。

傷こそ癒えたものの極度の緊張により気力と体力は限界に近づいていた。

だがそれは相手も同じだ。

エリシアの精霊魔法による一撃と俺からの度重なる攻撃によって、バジリスタの体は至るところから出血している。それに加え、俺の【吸血】によってさらに血液を奪われているので体力はかなり消耗しているはずだ。

しかし、バジリスタの右目には消耗を感じさせない殺意と敵意の光がある。

やはり、竜に体力勝負を持ち込むのは愚策だな。

今は数あるスキルで誤魔化せているが、いずれはそれすらも読み切られる。

体力にも限界がある以上、ここらで仕掛ける他にない。

俺の中でバジリスタを死に至らしめる攻撃があるとすれば、グラムに全力の魔素を込めた一撃だ。

それ以外の攻撃は弱らせることはできるだろうが致命傷にはならない。

ならばこれに懸けるしかないだろう。

俺はグラムに魔素を込めていく。

通常の魔力とは違った禍々しい光が、グラムの刀身を包んでいく。

グラムに収束していく魔素を目にして、バジリスタが突進してくる。

自分を害するかもしれない力の高まりを前にして静観するようなバカはいない。

バジリスタは俺に魔素を溜めさせないように激しく接近し、噛みつきや前脚や尻尾での攻撃を繰り出してくる。

「ちっ、グラムに魔素を込める時間が……」

バジリスタの猛攻をかいくぐることに必死で思うように魔素を込めることができない。

魔素ばかりに集中し、バジリスタの一撃を食らってしまうのは本末転倒だ。

くっ、たった少しの時間を稼ぐことができればいいのだが。

苦戦しているとヒュンッと風を切る音が聞こえた。

次の瞬間、バジリスタの左目に風刃が食い込んだ。

眼球を抉られたことでバジリスタは堪らず絶叫を上げた。

振り返ると、後ろにはフラフラになりながらも杖を構えるエリシアがいた。

「早く魔素を込めて！」

ぼーっとしている場合ではない。エリシアが作ってくれた時間のうちに魔素を込めるんだ。

バジリスタが仰け反っている隙に俺はグラムを両手で構えて、体内にある魔素を込めていく。

グラムを覆っていた禍々しい光が強く立ち上る。

自分の体内にあるほぼすべての魔素を注ぎ込んだ。

これで倒せなかったらもうどうしようもないだろう。

半ばやけっぱちになりながら俺はバジリスタに飛び掛かる。

バジリスタは大きく口を開けると、特大の瘴気と熱を孕んだブレスを射出してくる。

今までそれを回避していた俺だが、敢えて回避することはせずに正面からブレスに突っ込んだ。

瘴気はユニークスキルで無効化し、炎は【火耐性（大）】の抵抗スキルで耐える。

瘴気炎の中に突っ込んでいくと膨大な熱量が俺を包み込んだ。

「ルード!?」

めちゃくちゃ熱い。いくら【火耐性（大）】があっても竜のブレスに耐えるのは無茶だったか。

あまりの熱量に死を覚悟した俺だったが、握っている暴食剣グラムがブレスを吸収していく。

どうやらバジリスタのブレスには純粋な瘴気と熱だけでなく、魔素も混ざっていたらしい。

グラムが魔素を喰らって俺に力を供給してくれる。

それによりステータスが上昇し、熱さが少しだけ和らいだように感じた。

これならイケる。

地面を思いっきり蹴って跳躍すると視界が晴れた。

目の前には正面からブレスを突っ切ってきた俺を見て、信じられないものでも見るような表情をしたバジリスタがいた。

——なぜ生きている？

バジリスタのそんな困惑が伝わってくるようだった。

今までどのような相手だろうと濃密な瘴気の前には引かざるを得なかっただろう。

長期戦になれば相手は瘴気に蝕まれて弱っていく。そうなったところをバジリスタは嬲り殺しにしていたのだろうが俺には通じない。

「悪いな。俺に状態異常は効かねえんだ」

呆然とこちらを見上げ、隙を晒しているバジリスタの首に俺は全力の魔素を込めた一撃を振り下ろす。

魔素によって強化された一撃はあっさりとバジリスタの首を切断し、解放された魔素が大爆発を起こして胴体を吹き飛ばした。

その余波に巻き込まれた俺も吹き飛んでいく。

ごっそりと力が抜けてしまい受け身を取ることもできなかったが、俺の身体はふわりとした風に受け止められた。

「お疲れさま、ルード」

エリシアの笑みと優しい声音を耳にして、俺は意識を手放した。

18話　竜のステーキ

「気が付いた？」

目を覚ますと、こちらを覗き込んでいるエリシアの顔が視界に入った。

後頭部に感じる温かくて柔らかい感触。どうやらエリシアに膝枕をされているらしい。

「……腹減った」

「目を覚まして最初に言うのがそれ？」

ぐううと音を立てる俺の胃袋と台詞にエリシアがクスクスと笑った。

バジリスタがどうなったか、自分やエリシアの体調だのと気になることがあるが、それを上回るほどの空腹感が俺を支配していた。

とにかく腹が減ってしょうがない。これほどの空腹感を覚えたのは久しぶりだ。

腹が減って仕方がないのは純粋に体内から減ってしまった魔素を補充したいという欲求なのかもしれない。

とはいえ、調理をするためにも状況把握は必要だ。

後頭部の柔らかな感触から離れがたい力を感じたが、強い意思を持ってむくりと上体を起こす。

さすがにいつまでもお邪魔していては迷惑だからな。

「瘴気竜はどうなった？」

「ルードのお陰で無事に倒せたわよ」

振り返るとバジリスタの頭があり、奥には残った胴体が崩れ落ちていた。

切断された首から血液が……。

「はっ！　マズいぞ、エリシア！　早く血抜きしねえと！」

「体調の確認よりも下処理が先!?」

「いや、だって魔物を倒した以上は喰うだろう？　喰うなら美味しく調理できるに越したことはねえし」

なんて答えると、エリシアは頭が痛いような顔になってこめかみを押さえた。

「……安心して。瘴気竜の血液なら水魔法で既に抜いてあるから」

言われてバジリスタに近寄ってみると、しっかりと血液が抜かれている。

周囲に散らばっている血液は俺が頭を斬り落とした時に散らばったもののようだ。

「おお！　エリシアも食材の下処理がわかってきたな！」

「竜の血液は素材になるからよ！」

料理が不得意なエリシアも下準備というものがわかったのかと思ったが、どうやら違ったようだ。

まあ、なにはともあれ血抜き処理ができているのであれば問題ない。

「ところで瘴気は平気か？」

「瘴気が晴れたから今はもう大分マシね」

あれほど濃密な瘴気に満たされていた大広間であるが、バジリスタが討伐されたことによって瘴気がすっかりと消えたようだ。

しかし、エリシアは本調子とはいえない。状態をみると、まだ瘴気状態となっている。

まだ体内にバジリスタの瘴気が残っているようだ。

「まだ瘴気が残ってる。俺が肩代わりをしよう」

「お願い」

エリシアに触れて【肩代わり】を発動。

彼女の身体を蝕んでいる瘴気状態を引き受けて、俺のユニークスキルで無効化した。

「ありがとう。大分楽になったわ」

瘴気状態を俺が肩代わりしたことによってエリシアの顔色が良くなった。

他の階層であれば、瘴気状態を肩代わりしたところですぐに漂う瘴気によって瘴気状態になってしまうが、大広間ではその様子がない。

バジリスタを倒したことにより完全に瘴気がなくなっている。

どうやらここだけは他の階層の仕組みから外れているらしく、安全地帯になっているようだ。

「ここで休憩をしてから街に戻るか」

【吸血】で傷を癒したとはいえ、バジリスタとの戦闘で体力や気力はかなり消耗している。

エリシアもようやく瘴気から解放されたばかりで体調が万全とはいえない。

この大広間には瘴気がないだけでなく、他に魔物も棲息していない。

ここで体力を回復させてから動き出すのがいいだろう。

「そうしましょう。奥に転移の魔法陣もあるし、帰るのを急ぐ必要もないわ」

エリシアの指し示す先には水色の光を放つ魔法陣が出現していた。

「……いつの間にあんなものが？」

「瘴気竜が死んだと同時に出てきたわ。大広間の主を倒すことで帰還できる仕組みみたい」

「竜を倒さねえと出られない階層とかどんだけ鬼畜なんだ」

「隠し階層なんて大体そんな理不尽なものだわ」

思わず呟くとエリシアが肩をすくめながら苦笑いした。

数多の迷宮を踏破しただけあって、迷宮の理不尽さには慣れているようだ。

「特に心配事もねえことだし、ここで瘴気竜を調理するか」

「やっぱり食べるのね」

「当然だ」

バジリスタを前にして俺はかつてないほどに興奮していた。

まさか伝説の存在である竜を食べることができるとは。

「解体は必要だし私も手伝うわ」

まずはエリシアと共に全身にある鱗を丁寧に剝がしていく。

生前はあれほど頑強だった鱗だが、死んだことであっさりと皮膚から引き剝がすことができた。

死んだことによる影響なのかもしれない。

「これ一つで金貨何枚分もの価値になるわよ！」

エリシアの目が完全に金貨マークになっている。

竜種の鱗は武具に加工したりと、何かと便利だから高く売りさばけると聞く。

彼女からすれば鱗すべてが金貨に見えているのかもしれない。

とはいえ俺も素材としてより、食材的な価値しか見ていないが。

「ああ、でもこっち側の鱗はダメね」

「倒すのにかなり傷をつけちまったからな」

さすがに格上のバジリスタを相手に素材を配慮して倒すような余裕はなかった。

エリシアの精霊魔法に加え、俺が全体的に斬り刻んだものだからすべてを綺麗に回収はできない。

「……問題はどこを食べるかだな」

鱗の採取が終わったところで、俺はバジリスタにナイフを入れてみる。

脚は集中して攻撃したために損傷が激しい上に、筋が多くて肉質が特に硬い。

しっかりと煮込んでやってスープにすれば美味しそうだが、さすがにそこまでゆったりと調理していられない。

だとすると、比較的に肉質の柔らかい背中の肉がいいだろう。

切り出してみると艶のある淡い赤色をしており、乳白色の脂肪が交ざっている。

その美しさはもはや食材の域を超えて芸術品のようだ。

「とても綺麗なお肉ね！　どうやって食べるの？」

「シンプルにステーキにしようと思う」

色々と手を加えることはできるが、初めて食べる竜の肉だ。

どうせなら素材の味を一番よく味わえる料理で食べてみたい。

そんなわけで瘴気竜のステーキを作ることにした俺は、マジックバッグから調理に必要な道具を取り出す。

竈に見立てるように石を積み上げ、その上に大きなフライパンを設置。

火魔法でフライパンを加熱している間にサーロインステーキに塩と胡椒を振りかけていく。

加熱する際に脂で流れてしまいそうなので多めにだ。

下味をつけ終えた頃にはフライパンがしっかりと温まっていたので、油を引いてその上にサーロインを載せた。

脂が溶け出し、シュワアアアッと弾ける音がする。

フライパンの中が肉汁で溢れそうだ。

瘴気迷宮の大広間にただ肉の焼ける音が響き渡る。

いいお肉を焼いている時は、それを眺めているだけで楽しいものだ。

内部まである程度の熱が通ったらまな板の上に戻して少しだけ寝かせる。

余熱が通ったら包丁を差し込んで食べやすい大きさに切る。

「おおお！　すげえ脂の層だ！」

切り分けると中央部分は微かにピンク色になっており、ちょうどいいミディアムレアとなっていた。我ながらいい火加減と言えるだろう。

「ああもう！　いい匂いしてるし、すごく美味しそうなんだけど!?」

ステーキを切り分けていると、エリシアが我慢ならないとばかりに声を上げた。

「エリシアも食べるか？」

「食べられないわよ！　バカ！」

からかいの言葉をかけると、エリシアに割と強めに肩を叩かれた。

そんな八つ当たりをしてしまうくらいに、このステーキが美味しそうに見えるのだろうな。

「よ、よし、喰うぞ」

数多の肉を食べてきたが、竜の肉は食べたことがない。一体、いかほどの味か。

初めての食材に緊張していたが、美味しそうな見た目と胃袋を刺激するような香りに我慢の限界だ。

俺はすぐに肉を口へ運んだ。

「――――ッ!?」

今まで食べてきた牛肉、山羊肉、豚肉、鶏肉とも違う風味と味わいだ。

肉に含まれた良質な脂が舌の上で溶け出し、濃厚な肉汁がじんわりと広がる。

それと共に赤身から力強い旨みが溶け、濃厚な脂身と混ざり合う。

なんて甘美な味なのだろう。

「ねえ！　味はどうなのってば⁉」

恍惚としていると、隣にいたエリシアが激しく肩を揺すってくる。

口ぶりからして何度も味を尋ねていたらしい。

あまりの美味しさに意識がトリップしており、すっかり反応ができなかった。

「めちゃくちゃ美味い……ッ！　こんなに美味しい肉は初めてだ！」

一口頬張るだけで頬がだらしなくなってしまう美味しさだ。

歯を突き立てるとバジリスタ肉の強靭な繊維がゆっくりと解けていく。他の肉よりもやや弾力が強いがしっかりと噛み切れるので問題ない。俺はこのぐらいの方が食べ応えがあって好きだからな。

味もさることながら内部に含まれている魔素の量が素晴らしい。

肉汁を利用したソースでも作ろうかと悩んだが、塩、胡椒にして正解だったな。

これだけ濃厚な味がしているんだ。並のソースでは相手にならないだろう。

食べれば食べるほどに空っぽだった体内に良質な魔素が溜まっていくのを実感できる。

強大な魔物だけあって内包している魔素の質と量も尋常じゃないみたいだ。

「これが竜の肉の味か……」

苦労した末に倒した魔物だと思うと、より美味しさが増す思いだ。

最強の一角と呼ばれる竜種を倒した。この功績は俺の冒険者人生の中で最大だ。

振り返れば、冒険者になって十年以上が経過していた。

コツコツと依頼をこなし、修練を重ねたが万年Eランク止まり。

成長が止まり歳ばかり重ねてしまってSランクになるという夢は半ば諦めかけていた。

ミノタウロスと遭遇し、臨時で入ったパーティーに裏切られ、奈落へと落ちてしまったが、ユニークスキル【状態異常無効化】のお陰で魔物を喰らうことができ、俺は魔物の操るスキルを獲得することができるようになった。

そこからエリシアと出会い、一緒に冒険をするようになってランクがDへと上がり、隠し階層で竜を討伐できるようになった。

以前までの俺ならば考えられなかったような冒険の数々だ。

一度は不幸のどん底に落とされたが、ここまで這い上がることができた。

このままエリシアと一緒に冒険をすれば、憧れのSランク冒険者になることができるかもしれない。

もし、俺がそこまでの力をつけることができたときには、彼女が目的とする仲間の奪還や仇である深淵の魔物を倒すのに協力したいと思う。

とはいえ、今はレベルも低く、実力もまだまだ足りない。

だから俺は地道に魔物を倒して喰らい、強くなっていこう。

それが俺の冒険者——いや、魔物喰らいの冒険者としての道筋だ。

「なんかズルい！　ルードが食べるのを見ていたらお腹が空いてきたわ！　早く帰りましょう！」

なんてことを考えていると、エリシアがすっと立ち上がりつつ言った。

「まだエリシアの体力が回復してねえだろ？」

「体力ならもう回復した！　だから早く戻りましょう！」

「いや、俺がまだ食べてるから待ってくれよ」

「嫌よ！　私は早く帰りたいの！　私も帰って特上のステーキを食べるんだから！」

子供のように駄々をこねるエリシアを宥めつつ、俺はバジリスタのステーキを堪能した。

描いている間ずっと
おいしいものが
食べたかったです!
かわく

メイドなら当然です。
万能メイドさんの
異世界紀行
濡れ衣を着せられた万能メイドさんは旅に出ることにしました
三上康明
Illustration
キンタ

EARTH STAR NOVEL

魔物喰らいの冒険者①

発行 —— 2023年8月18日 初版第1刷発行

著者 —— 錬金王

イラストレーター —— かわく

装丁デザイン —— AFTERGLOW

発行者 —— 幕内和博

編集 —— 今井辰実

発行所 —— 株式会社アース・スター エンターテイメント
〒141-0021 東京都品川区上大崎 3-1-1
目黒セントラルスクエア 7F
TEL：03-5561-7630
FAX：03-5561-7632
https://www.es-novel.jp/

印刷・製本 —— 図書印刷株式会社

ISBN 978-4-8030-1823-3